Silke Schmidt

Lass uns was zusammen machen

37 Ideen für beste Freundinnen

Das ist das

FREUNDINNENBUCH

von

und meinen Freundinnen:

Heute ist der

Hier kommt das Datum rein

Ich fühle mich heute ...

... fit wie ein Turnschuh

... schlapp wie eine alte Socke

DAS BIN ICH

DAS BIN ICH

MEIN SPITZNAME:

ADRESSE:

TELEFON:
HANDY:
E-MAIL:

GEBURTSTAG:

★ - ZEICHEN:

HAARFARBE:

👁 - FARBE:
GRÖßE:

HOBBYS:

♥-MUSIK:

♥-FILM:

♥-BUCH:

♥-FARBE:

♥-TIER:

♥-ESSEN:

DAS KANN ICH BESONDERS GUT:

DAHIN MÖCHTE ICH GERN EINMAL VERREISEN:

Wenn ich einen Wunsch frei hätte,
würde ich:

Steckbriefe für deine Freundinnen sind hinten im Buch!

Das habe ich heute gemacht:

....

....

....

Das Schönste an dem Tag war:

....

....

....

Für morgen wünsche ich mir, dass ...

....

....

....

Mein Tag in Farben

Heute ist der 00.00.0000

0 = weiß	1 = gelb	2 = orange	3 = rot	4 = lila
5 = blau	6 = grün	7 = braun	8 = pink	9 = schwarz

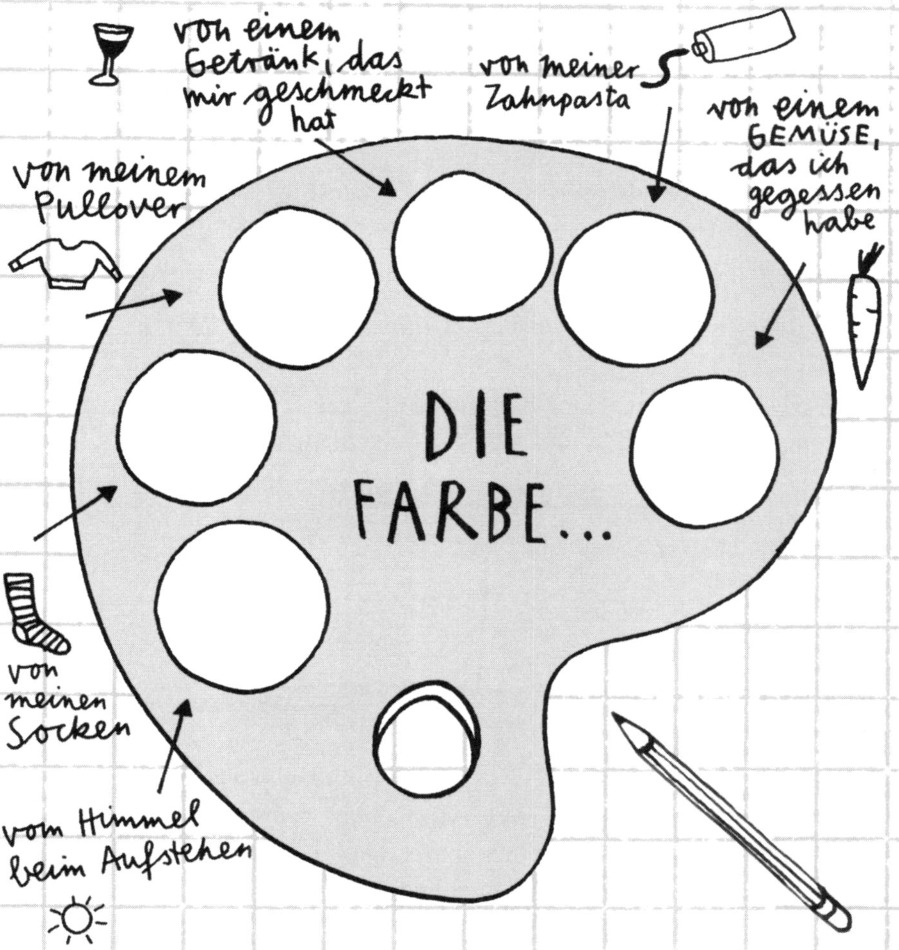

Lass uns ein Freundschaftsbuch basteln!

SUPER IDEE

In ein gemeinsames Freundschaftsbuch könnt ihr abwechselnd schreiben, malen und Erinnerungsstücke einkleben.

IHR BRAUCHT

Heft, Schere, Kleber, buntes Papier oder Geschenkpapier

Zuerst wird der Umschlag des Buches gestaltet. Sucht ein Papier aus, das euch beiden gefällt, und legt das aufgeklappte Heft darauf.

Schneidet nun das Papier aus. Es sollte an jeder Seite etwa 3 cm größer sein als das Heft. Streicht Kleber auf das Papier und klebt das Heft fest. Schneidet nun die Ecken des Papiers ab und macht oben und unten jeweils zwei Schnitte zur Heftmitte hin.

Schlagt das Papier um und klebt es innen fest.

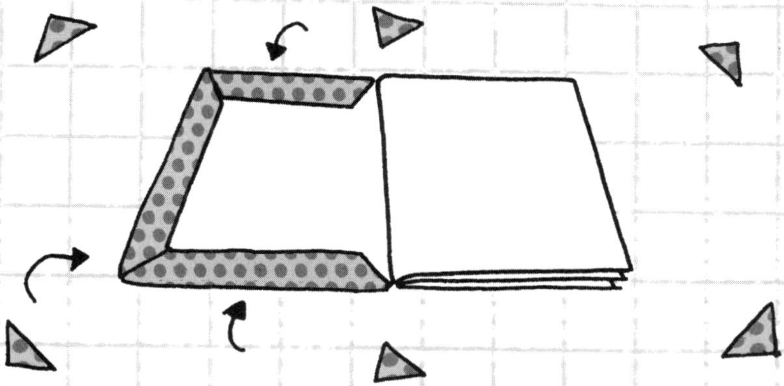

Nun könnt ihr das Heft mit einem schönen Etikett oder Fotos von euch beiden schmücken.

Das Freundinnenbuch habe ich gebastelt

☐ mit ...
☐ für mich und ...

Es war

☐ babyleicht
☐ eher simpel
☐ schon ein bisschen kompliziert
☐ megaschwierig
☐ nur was für Profis

Das hat mir / uns daran Spaß gemacht:

Heute ist der

← da kommt das Datum rein!

Es ist ein

- ☐ wunderbarer
- ☐ fürchterlicher
- ☐ gewöhnlicher
- ☐ zum Haareraufender
- ☐ großartiger
- ☐ superduper
- ☐ ....

- ☐ Montag
- ☐ Dienstag
- ☐ Mittwoch
- ☐ Donnerstag
- ☐ Freitag
- ☐ Samstag
- ☐ Sonntag
- ☐ Glückstag
- ☐ Pechtag
- ☐ ....

Das Wetter ist heute

- ☐ cool, aber nicht zu kühl
- ☐ eher was für Regenwürmer
- ☐ Sonne pur
- ☐ ein bisschen von allem

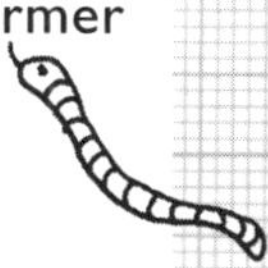

Darauf freue ich mich heute:

WIR ZWEI SIND EINS

Das FREUNDINNEN-FOTO-SHOOTING!

IDEE 1

Für dieses Fotoshooting braucht ihr lange Haare und Hilfe von einer weiteren Person, die eure Haare zusammenflechten kann.

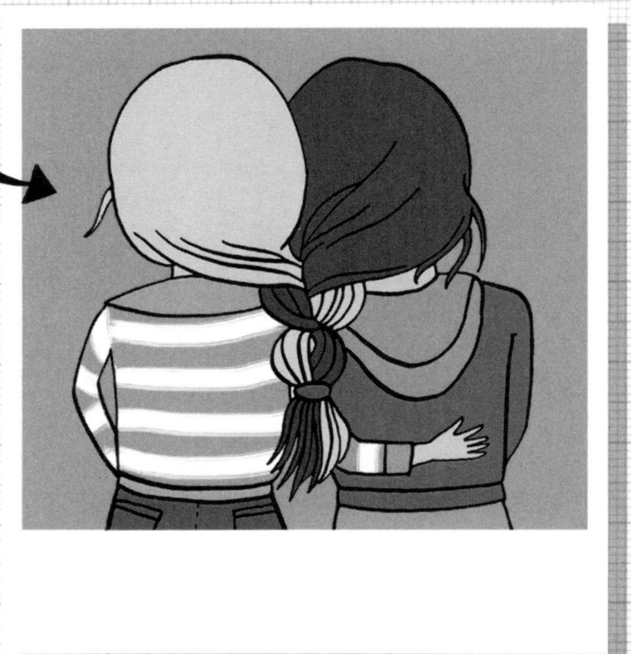

IDEE 2

HIER IST PLATZ
FÜR EUER
BESTES FOTO

BFF

Die Fotos habe ich mit gemacht.

Das hat uns daran besonders Spaß gemacht:

HEUTE IST DER

da kommt das Datum rein!

DAS GAB ES HEUTE …

… ZUM FRÜHSTÜCK

… ZUM MITTAGESSEN

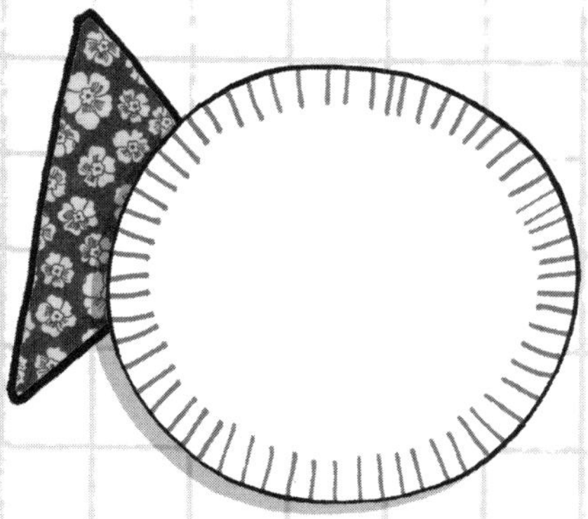

… ZUM ABENDESSEN

Zwischendurch ☐ hätte ich gerne ☐ habe ich

dieses Tortenstück verspeist

Apfelröschen backen

mmh!

IHR BRAUCHT

für 12 Stück:

2 Rollen Blätterteig aus dem Kühlfach
3 mittelgroße rote Äpfel
Saft einer halben Zitrone
4 EL Zucker
1 TL Zimt
Puderzucker zum Bestreuen
Muffinform für 12 Muffins und Papierförmchen
Küchenrolle

Während eine von euch die Äpfel wäscht, viertelt, aushöhlt und in dünne Scheiben schneidet, presst die andere eine halbe Zitrone aus und gibt den Saft zusammen mit ca. 4 Tassen Wasser in einen kleinen Topf. Die Apfelscheiben gebt ihr dazu und lasst sie ca. 2 Minuten kochen, damit sie weich werden.

Währenddessen mischt eine von euch den Zucker mit dem Zimt. Die andere rollt die Blätterteige aus und heizt den Ofen auf 190 °C vor.

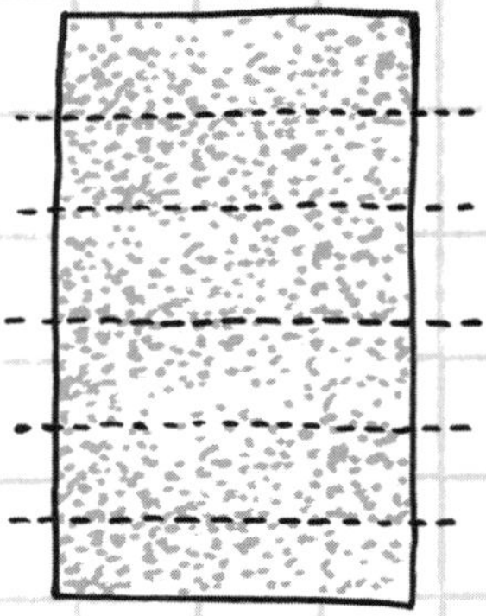

Eine von euch schneidet nun die Blätterteige in jeweils 6 Stücke und verteilt die Zucker-Zimt-Mischung darauf.

Währenddessen fischt die andere mit einer Gabel die weichen Apfelscheiben aus dem Topf (Vorsicht: heiß!) und lässt sie auf einem Stück Küchenpapier trocknen.

Die Apfelscheiben legt ihr so auf die Teigstücke, wie man es auf dem Bild sieht. Dann klappt ihr die untere Hälfte nach oben. Rollt die Teigbahn vorsichtig zusammen und setzt die so entstandenen Röschen in die Papierförmchen.

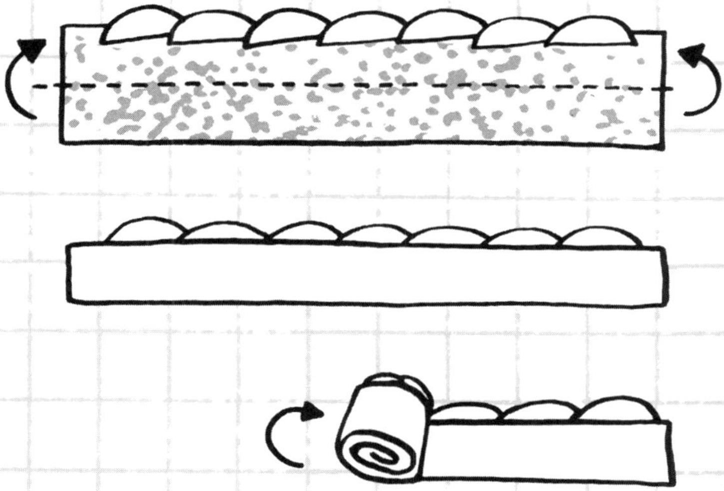

Setzt die Röschen samt Papierformen in das Muffinblech und backt sie für ca. 40–45 Minuten. Wenn sie fertig sind, könnt ihr sie mit Puderzucker bestäuben.

Die Apfelröschen habe ich gebacken

☐ mit ...
☐ für mich und ...

Es war ☐ babyleicht
☐ eher simpel
☐ schon ein bisschen kompliziert
☐ megaschwierig
☐ nur was für Profis

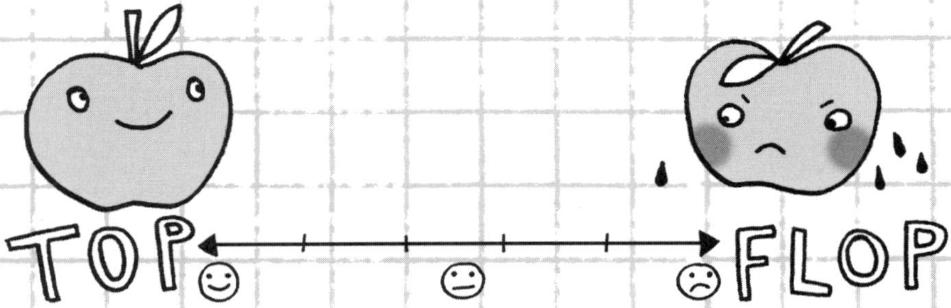

Sie waren ☐ lecker
☐ nicht so lecker
☐ angebrannt
☐ igitt

Die Küche sah danach aus ☐ genauso wie immer
☐ wie ein Schweinestall
☐ wie nach einer Explosion
☐ tippitoppi

HEUTE IST DER ...

Das habe ich heute vor:

Dieses Lied ist heute mein Ohrwurm:

Auf diesen Duft freue ich mich:

Das werde ich heute auf jeden Fall sehen:

Das muss ich unbedingt erzählen:

DAS TYPISCHE OUTFIT VON

....

DAS TYPISCHE OUTFIT VON

....

DIESER TAG WAR ETWAS GANZ BESONDERES, WEIL...

....

....

....

....

....

....

....

schöne Sachen:

BLÖDE SACHEN:

Das muss ich unbedingt noch mal machen:

← DIESE NOTE KRIEGT DER TAG

HEUTE IST DER

da kommt das Datum rein!

und so sehe ich heute aus:

WOW!

BRAVO!

Ich fühle mich heute …

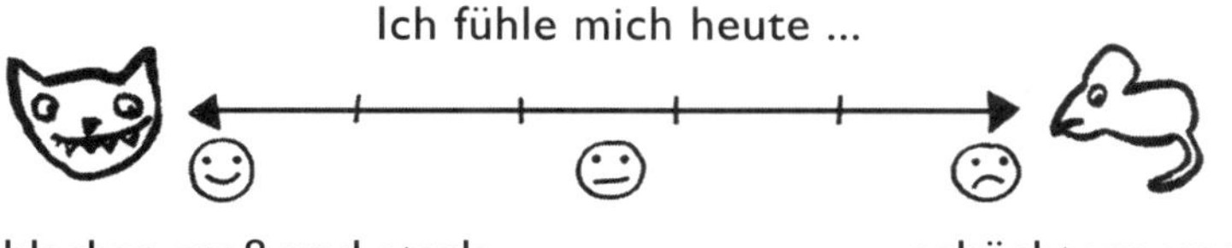

… unschlagbar groß und stark … schüchtern und klein

ICH SCHENK DIR EINEN GARTEN

Ein Überraschungsgarten ist ein tolles Geschenk für deine Freundin!

Dazu brauchst du:
1 Plastikschale
(z. B. von Tomaten
oder Weintrauben)
Blumenerde
Blumen- oder Kräutersamen
(bitte die Anleitung auf der
Samenpackung lesen)

Bis die echten Blumen oder Kräuter sprießen, kannst du den Garten mit Fantasieblumen aus Papier schmücken.

Dazu brauchst du:
farbiges Papier (oder buntes Papier aus Zeitschriften), Schere, Kleber, Stifte, Tesa und Schaschlikspieße oder Strohhalme

Zuerst schneidest du aus dem Papier einen Kreis und acht Papierstreifen aus.

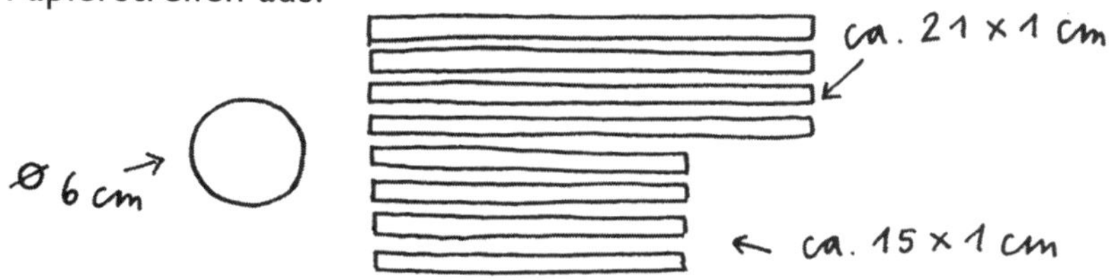

Dann klebst du die 4 langen Streifen nacheinander mit einem Punkt Kleber in der Mitte des Papierkreises fest. Anschließend tupfst du etwas Kleber auf jedes Ende, biegst diese zur Kreismitte und klebst sie dort fest. Danach machst du das Gleiche mit den kürzeren Streifen.

So befestigst du die Schildchen mit Tesa am Schaschlikspieß:

Den Überraschungsgarten habe ich gebastelt

☐ mit ...
☐ für ...

Das habe ich / haben wir ausgesät:

Und so wird der Garten aussehen, wenn er gewachsen ist:

Mein Tag in Farben

Heute ist der ○○.○○.○○○○

0 = weiß | 1 = gelb | 2 = orange | 3 = rot | 4 = lila
5 = blau | 6 = grün | 7 = braun | 8 = pink | 9 = schwarz

DAS HABEN WIR GEMEINSAM

Hier könnt ihr malen und aufschreiben,
was ihr alles gemeinsam habt.
Wem fallen mehr Dinge ein?

HEUTE BIN ICH STOLZ AUF MICH, WEIL …

DAFÜR BRAUCHE ICH EIN TROSTPFLASTER:

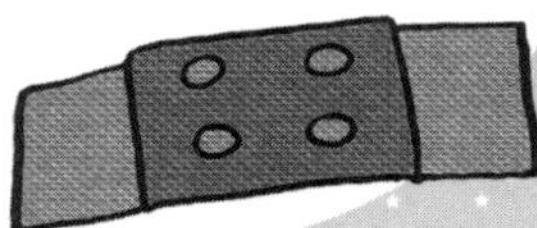

ICH FREUE MICH AUF MORGEN, WEIL …

Heute ist der 29.8.2018

da kommt das Datum rein!

Es ist ein

- ☐ wunderbarer
- ☐ fürchterlicher
- ☒ gewöhnlicher
- ☐ zum Haareraufender
- ☐ großartiger
- ☐ superduper
- ☐ ....

- ☐ Montag
- ☐ Dienstag
- ☒ Mittwoch
- ☐ Donnerstag
- ☐ Freitag
- ☐ Samstag
- ☐ Sonntag
- ☐ Glückstag
- ☐ Pechtag
- ☐ ....

Das Wetter ist heute

- ☐ cool, aber nicht zu kühl
- ☐ eher was für Regenwürmer
- ☒ Sonne pur
- ☐ ein bisschen von allem

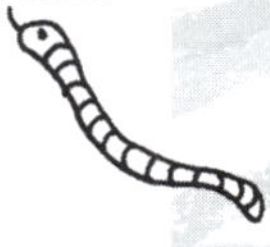

Das ist mein Motto für heute:

O² you can do !!!

Wellness für 2

Erfrischendes Sommerfußbad

3 EL Quark
Saft von 1 Orange
In einer Schüssel mit lauwarmem Wasser verrühren.

Wärmendes Winterfußbad

1 TL Honig
1–2 EL Sahne
In einer Schüssel mit warmem Wasser verrühren.

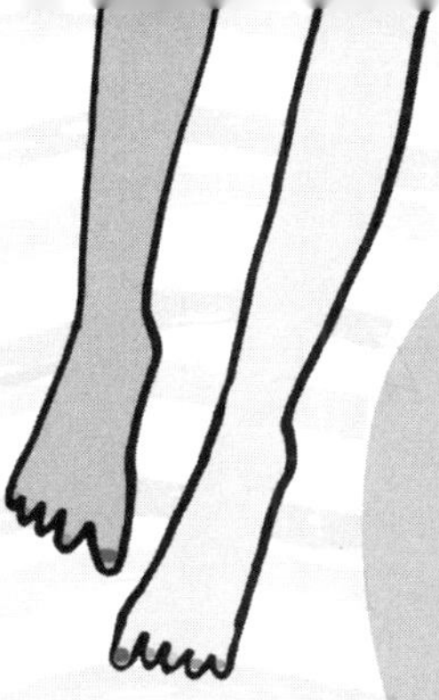

Haarkur

4 EL Honig
1 Eigelb
1 TL frisch gepressten Zitronensaft

Zutaten mixen, auf das feuchte Haar auftragen. Den Kopf mit einem Handtuch umwickeln. 10 bis 15 Minuten einwirken lassen, ausspülen.

Gesichtsmaske

½ Banane
kl. Prise Natursalz
½ TL Honig
1 TL Sahne
50 ml Wasser

Alles mixen, sofort auf die Haut auftragen und den Rest aufessen.

Den Wellnesstag hab ich gemacht mit: Annie

Hinterher waren wir

- [x] wahnsinnig schön
- [ ] völlig verschrumpelt
- [ ] genau wie immer
- [ ] hundemüde
- [ ] superfit

Unbedingt weiterempfehlen können wir:

die Gesichtsmaske

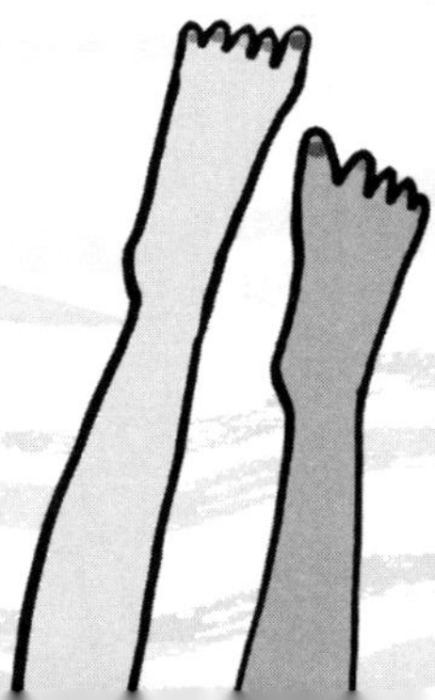

Heute ist der __ __ . __ __ . __ __ __ __

5 Things to do TODAY

Hier kannst du eintragen, was du heute erledigen willst:

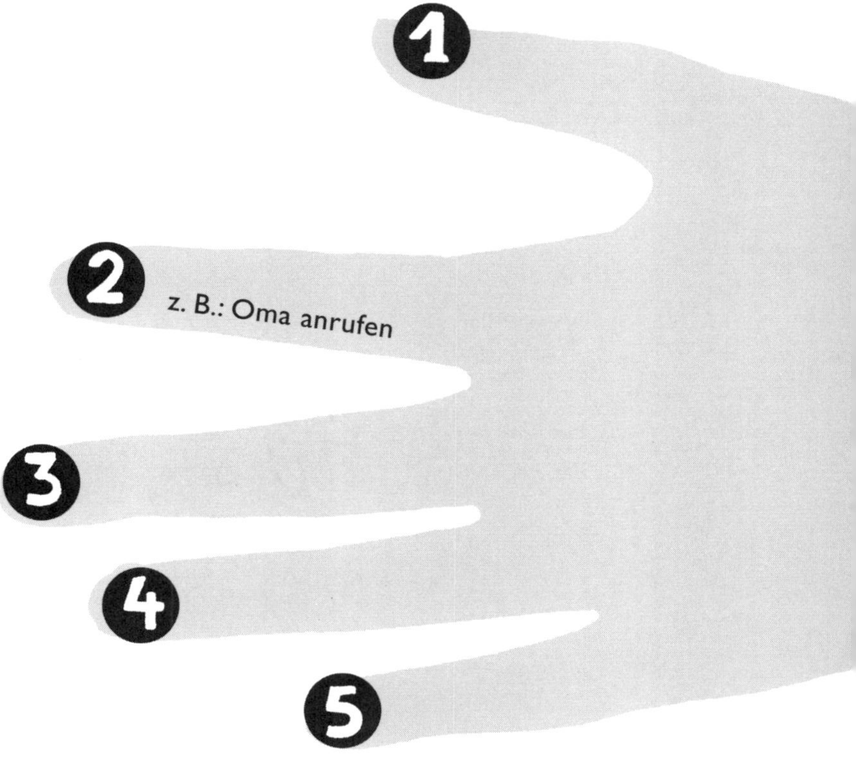

ICH BIN DEIN SPIEGEL !

ICH BIN DEIN SPIEGEL !

Schafft ihr es, synchron zu zeichnen?

Spiegelbildlich gezeichnet habe ich mit:

Es war

- ☐ babyleicht
- ☐ eher simpel
- ☐ schon ein bisschen kompliziert
- ☐ megaschwierig
- ☐ nur was für Profis

KANNST DU AUCH
SPIEGELBILDLICH
SCHREIBEN?

Hier ist Platz zum Ausprobieren:

da kommt das Datum rein!

HEUTE IST DER

DAVON HABE ICH HEUTE NACHT GETRÄUMT

....

....

....

GEWECKT WURDE ICH ...

- ☐ ... von der Sonne, die mich an der Nase gekitzelt hat
- ☐ ... vom Regen, der an mein Fenster prasselte
- ☐ ... vom Schnarchen meiner Zimmernachbarn
- ☐ ... von einer Horde Mücken
- ☐ ....

DAS SEHE ICH VOR MEINEM FENSTER:

BEGRÜßUNG INTERNATIONAL

Man begrüßt sich überall anders. Kennst du dich mit den verschiedenen Ritualen aus?

1. Wie oft küsst man sich in Frankreich zur Begrüßung auf die Wange?
   a) gar nicht
   b) 2–4 Mal
   c) 5–8 Mal

2. Warum reiben die Inuit die Nasen aneinander?
   a) Um sich aufzuwärmen
   b) Weil ihre Hände in dicken Handschuhen stecken
   c) Sie reiben sie gar nicht aneinander, sondern „beschnuppern“ sich nur

3. Was wird beim Händeschütteln übertragen?
   a) Bakterien
   b) gute Laune
   c) die Information, welche Person die stärkere ist

4. In welchem Land verneigt man sich zur Begrüßung voreinander?
   a) Österreich
   b) Thailand
   c) Neuseeland

5. Die englische Königin wird heutzutage immer noch begrüßt mit

a) einem Knicks
b) einem Handkuss
c) einer langen Umarmung

6. In einigen Regionen Afrikas gibt es zur Begrüßung …

a) ein kurzes Lied
b) ein Aneinanderreiben der Fußsohlen
c) einen kleinen Applaus

7. In welchem Land greift man zur Begrüßung die Hände des Gegenübers und streichelt mit diesen über das eigene Gesicht?

a) auf den polynesischen Südseeinseln
b) in Rumänien
c) in Sibirien

Erfindet ein eigenes Begrüßungsritual nur für euch

Auflösung: 1b, 2c, 3a, 4b, 5a, 6c, 7a

Weißt du, in welchen Ländern man sich so begrüßt?

AUFLÖSUNG: 1. Frankreich, 2. Indien, 3. Israel, 4. Schweden, 5. z. B. in Großbritannien, 6. z. B. in Syrien, 7. Tschechien, 8. Italien

Heute ist der

Hier kommt das Datum rein

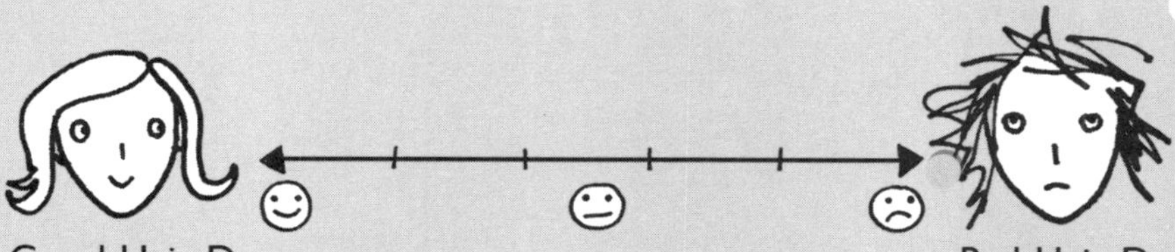

Unsere absolute Nummer 1:

Unsere Freundinnen-Playlist

Der beste Song, um gemeinsam

... zu chillen:

... abzurocken:

... zu träumen:

... mitzusingen:

... zu spülen:

... einzuschlafen:

Heute habe ich ◯ mal gelacht

AM MEISTEN DARÜBER:

DAS HAT MICH HEUTE GEÄRGERT:

WENN ICH DEN TAG NOCH MAL VON VORN ANFANGEN KÖNNTE, WÜRDE ICH **DAS** ANDERS MACHEN:

Mein Tag in Farben

Heute ist der OO.OO.OOOO

0 = weiß 1 = gelb 2 = orange 3 = rot 4 = lila
5 = blau 6 = grün 7 = braun 8 = pink 9 = schwarz

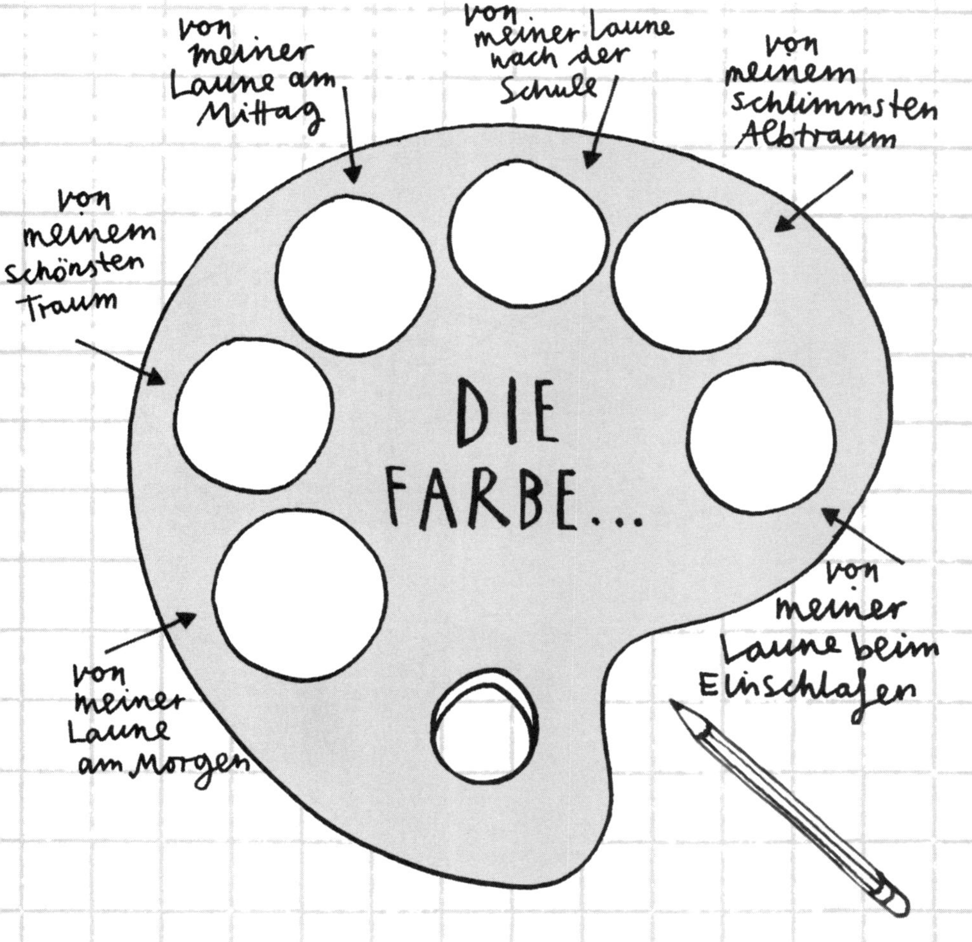

Eins für dich, eins für mich!

DIY Mode

DAS FREUNDINNENSHIRT

IHR BRAUCHT:

2 T-Shirts
Schere
Stecknadeln
Nadel + Faden
+ 1 Prise Geduld

UND SO GEHT'S:

Dreht beide T-Shirts „auf links“, sodass die Nähte sichtbar sind. Schneidet sie dann mit einer scharfen Schere in der Mitte durch und tauscht jeweils ein Teil aus.

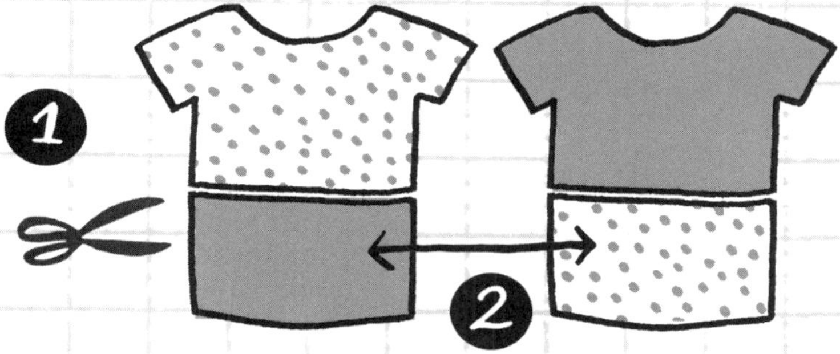

Steckt die Teile mit den Stecknadeln zusammen und näht sie anschließend mit Nadel und Faden zusammen.

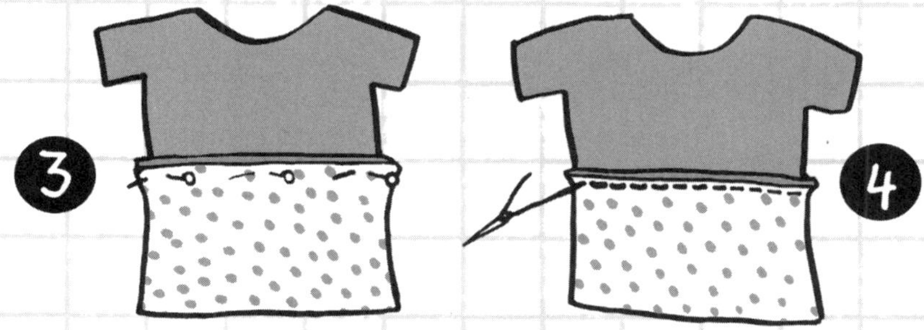

Wenn ihr die gesamte Runde geschafft habt, vernäht ihr den Faden, indem ihr ihn mehrmals durch die beim Nähen entstehenden Schlaufen zieht.

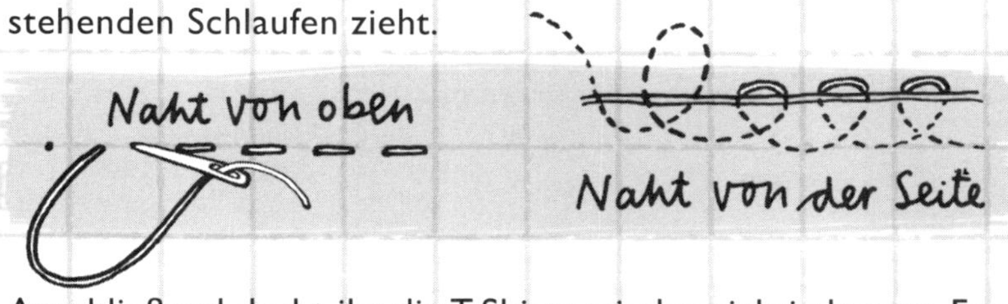

Anschließend dreht ihr die T-Shirts wieder richtig herum. Fertig!

Das Freundinnenshirt habe ich genäht mit:

So lange hat es gedauert:
- ☐ im Handumdrehen
- ☐ 1 Liter Apfelschorle lang
- ☐ 5 Playlists lang
- ☐ bis mir die Finger wehtaten
- ☐ bis zum Dunkelwerden

Es war
- ☐ babyleicht
- ☐ eher simpel
- ☐ schon ein bisschen kompliziert
- ☐ megaschwierig
- ☐ nur was für Profis

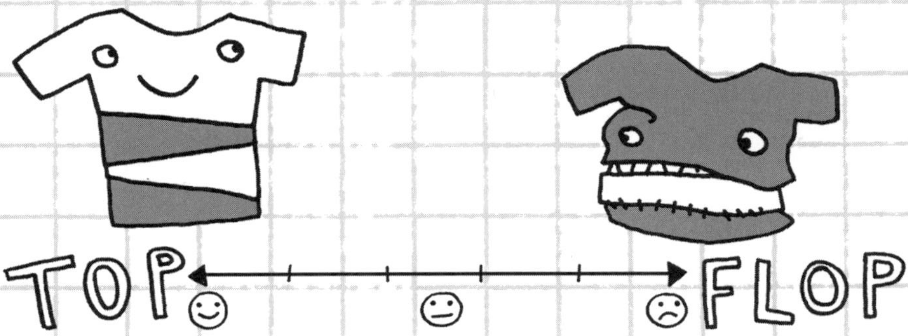

Ich werde
- ☐ das Shirt täglich tragen
- ☐ nie mehr irgendetwas nähen!
- ☐ ein Shirt für alle meine Freundinnen nähen
- ☐ ...

Heute ist der 28.8.2018

da kommt das Datum rein!

Es ist ein
- [ ] wunderbarer
- [ ] fürchterlicher
- [x] gewöhnlicher
- [ ] zum Haareraufender
- [ ] großartiger
- [ ] superduper
- [ ] ....

- [ ] Montag
- [ ] Dienstag
- [x] Mittwoch
- [ ] Donnerstag
- [ ] Freitag
- [ ] Samstag
- [ ] Sonntag
- [ ] Glückstag
- [ ] Pechtag
- [ ] ....

Das Wetter ist heute
- [ ] cool, aber nicht zu kühl
- [ ] eher was für Regenwürmer
- [x] Sonne pur
- [ ] ein bisschen von allem

Den Tag verbringe ich mit:

Annie wie oft

WELCHER FREUNDINNEN-TYP BIST DU?

Ein Mädchen kommt neu in eure Klasse und freundet sich mit deiner besten Freundin an. Wie reagierst du?

♥ Ich schlage vor, dass wir zu dritt etwas machen.
★ Ich bin traurig und ziehe mich zurück.
◎ Ist nicht so schlimm. Dann habe ich ein bisschen mehr Zeit für mich.

Wer von euch macht den ersten Versöhnungsschritt nach einem Streit?

♥ Sie
★ Ich
◎ Das renkt sich irgendwann von selbst wieder ein.

Jemand lästert über eine Freundin von dir. Wie reagierst du?

◎ Ich sage nichts dazu.
♥ Ich versuche zu erklären, warum sie so ist.
★ Ich verbitte mir, dass so über sie gesprochen wird.

Was machst du am liebsten mit deinen Freundinnen?

♥ Lästern, klatschen, tratschen
★ Über Sorgen und Probleme sprechen
◎ Party und shoppen

Beim Shoppen mit einer Freundin findet ihr ein tolles Top, das ihr beide gern hättet. Es ist aber nur noch einmal da. Wer bekommt es?

★ Sie
◎ Ich
♥ Wir kaufen es gemeinsam und tragen es abwechselnd.

AUFLÖSUNG

Zähle nach, welches Symbol du am häufigsten angekreuzt hast.

★ Beste Freundin

Deine beste Freundin und du – ihr seid absolut unzertrennlich. Ihr wisst alles voneinander. Das ist ein schönes Gefühl, jemanden zu haben, auf den man sich absolut verlassen kann. Aber damit schließt du auch andere aus. Vielleicht versuchst du mal, ein bisschen offener für andere zu sein.

♥ Cliquen-Freundin

Mit dir kann man unglaublich viel Spaß haben und mit dir möchte jeder gern befreundet sein. Am wohlsten fühlst du dich in einer ganzen Gruppe von Gleichgesinnten. Aber vielleicht fehlt dir ab und zu die wirklich beste Freundin, mit der du über deine Sorgen und Nöte reden kannst.

@ Freigeist

Freundschaft ist dir zwar wichtig, aber noch wichtiger ist dir deine Unabhängigkeit. Wenn du eine Weile mit anderen zusammen warst, brauchst du danach auch immer ein bisschen Zeit für dich allein. Du lässt niemanden wirklich nah an dich ran, was die anderen natürlich auch merken und dich deshalb von manchen Dingen ausschließen.

Wenn du dich verliebt hast …

★ … erfährt es deine Freundin als Erste.

@ … sagst du erst mal niemandem etwas, damit es nicht versehentlich weitererzählt wird.

♥ … spannst du deine Freundin ein, damit sie dir ein Date verschafft.

Meine Laune war heute so:

Diese Laus lief mir heute über die Leber:

Dieser Floh machte mich heute froh:

HEUTE IST DER

da kommt das Datum rein!

DAS GAB ES HEUTE ...
... ZUM FRÜHSTÜCK

... ZUM MITTAGESSEN

... ZUM ABENDESSEN

Zwischendurch ☐ hätte ich gerne
☐ habe ich

dieses Tortenstück verspeist

FREUNDINNENCOCKTAILS

Erdbeer-shake

für 2 Personen

200 g Erdbeeren
200 g Naturjoghurt
200 ml Milch
1 Päckchen Vanillezucker
1 EL Zucker
2 Stiele Minze

TIPP: Schmückt die Strohhalme mit Blumen oder Bärten aus Papier.

Wascht die Erdbeeren und schneidet sie in Stücke. Dann gebt sie mit den anderen Zutaten (außer der Minze) in eine hohe Rührschüssel und schlagt alles mit dem Stabmixer schaumig. Das Ganze könnt ihr dann in zwei Gläser füllen und mit Minze und Strohhalmen garnieren.

Pfirsichbowle

(für 6 Personen)

1 l Apfelsaft
750 ml Mineralwasser
1 Dose Pfirsiche
Saft von 1 Zitrone

Schneidet die Pfirsiche in würfelgroße Stücke und gebt sie in eine Schüssel. Dann gebt den Apfelsaft, das Sprudelwasser und den Zitronensaft dazu. Um die Früchte aus der Bowle zu picken, könnt ihr Schaschlikspieße benutzen, die ihr mit Beeren und in Form geschnittenen Früchten (z. B. Melone oder Kiwi) dekoriert!

Die Cocktails habe ich gemixt

- ☐ mit ...
- ☐ für mich und ...

Sie waren

- ☐ lecker
- ☐ nicht so lecker
- ☐ viel zu süß
- ☐ igitt

Wir haben uns einen eigenen Cocktail ausgedacht, und den mixt man so:

HEUTE IST DER …

Das habe ich heute vor:

Dieses Lied ist heute mein Ohrwurm:

Auf diesen Duft freue ich mich:

Das werde ich heute auf jeden Fall sehen:

Das muss ich unbedingt erzählen:

SIEHST DU WAS, DAS ICH NICHT SEH?

Die Weiterzeichnen-Challenge: Sammelt kleine Gegenstände, die euch zum Weiterzeichnen inspirieren. Gute Orte zum Suchen sind zum Beispiel Schreibtischschubladen oder eine Wiese! Hier könnt ihr schon einmal üben:

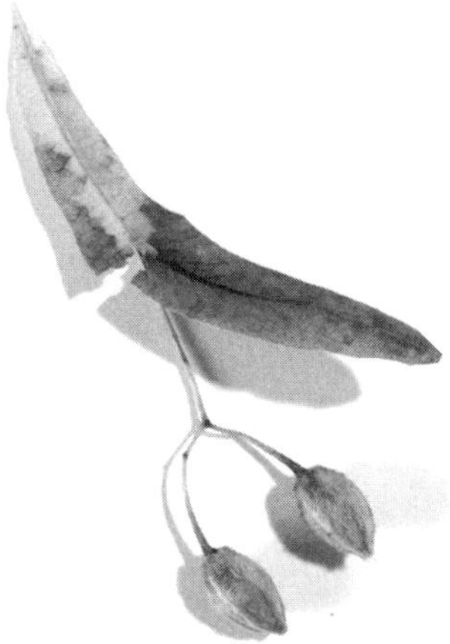

Darüber habe
ich mich heute gefreut:

Darüber habe
ich mich heute geärgert:

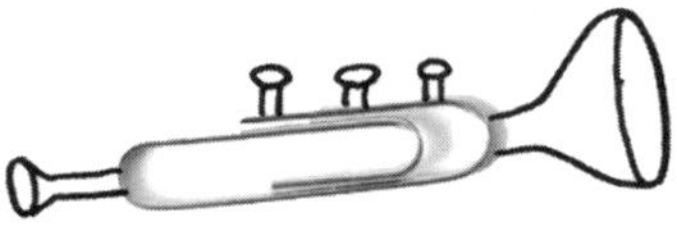

Täterätä!

Dieser Tag bekommt von mir so viele Sterne:

fürs Ausschlafen

für das Wetter

fürs Chillen

für das Essen

für Freundinnen

für den Abend

Je mehr Sterne du ausmalst, desto besser deine Wertung!

Heute ist der

DAS DATUM UMKRINGELN!

1 2 3 4 5 6 7 8 9 10 11 12 13 14 15 16 17 18 19 20 21 22 23 24 25 26 27 28 29 30 31

1 2 3 4 5 6 7 8 9 10 11 12

Mein Tag dauerte von ☼ bis ☾

Das bin ich:

Ich fühle mich heute ...

Du bist ♥-lich eingeladen!

Schöne Einladungskarten könnt ihr ganz leicht selber machen.

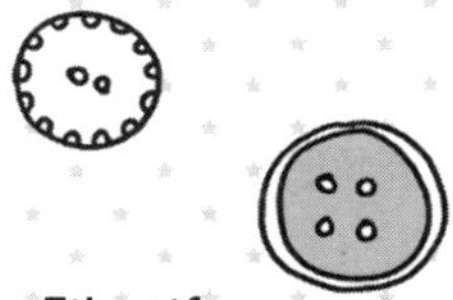

IDEE 1

Ihr braucht:
farbigen Tonkarton, Bleistift, Schere, schwarzen Filzstift

Malt mit Bleistift ein Kleid auf den Tonkarton und schneidet es aus. Benutzt es als Schablone, um einen Rock aufzuzeichnen, der die gleiche Größe hat. Klebt den Rock am Bund mit Kleber auf dem Kleid fest. Verziert das Kleid mit dem schwarzen Filzstift.

IDEE 2

Ihr braucht:
braunen Tonkarton
Bleistift, Schere, Kleber,
schwarzen Filzstift
Pompons

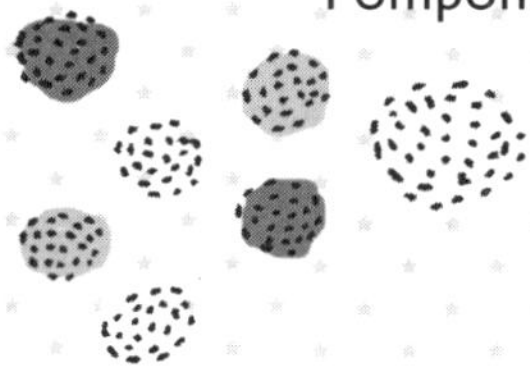

Schneidet den braunen Tonkarton in dieser Form aus: Zeichnet ein Waffelmuster auf den unteren Teil und schreibt den Einladungstext auf die Rückseite. Klebt anschließend die Pompons als Eiskugeln auf die Waffel.

IDEE 3

Ihr braucht:
roten und grünen Tonkarton,
Bleistift, Schere, schwarzen Filzstift
1 Musterbeutelklammer
pro Einladung

Schneidet einen Halbkreis aus dem grünen Tonkarton aus und schreibt den Einladungstext darauf. Schneidet dann einen etwas kleineren roten Halbkreis aus und malt Kerne darauf. Befestigt ihn mit einer Klammer so am grünen Karton, dass man ihn beiseiteschieben kann und der Text sichtbar wird.

Die Einladungen habe ich gebastelt

- ☐ mit ...
- ☐ für ...

zu diesem Anlass:

Und so sieht die Einladung aus:

Mein Tag in Farben

Heute ist der ○○.○○.○○○○

0 = weiß	1 = gelb	2 = orange	3 = rot	4 = lila
5 = blau	6 = grün	7 = braun	8 = pink	9 = schwarz

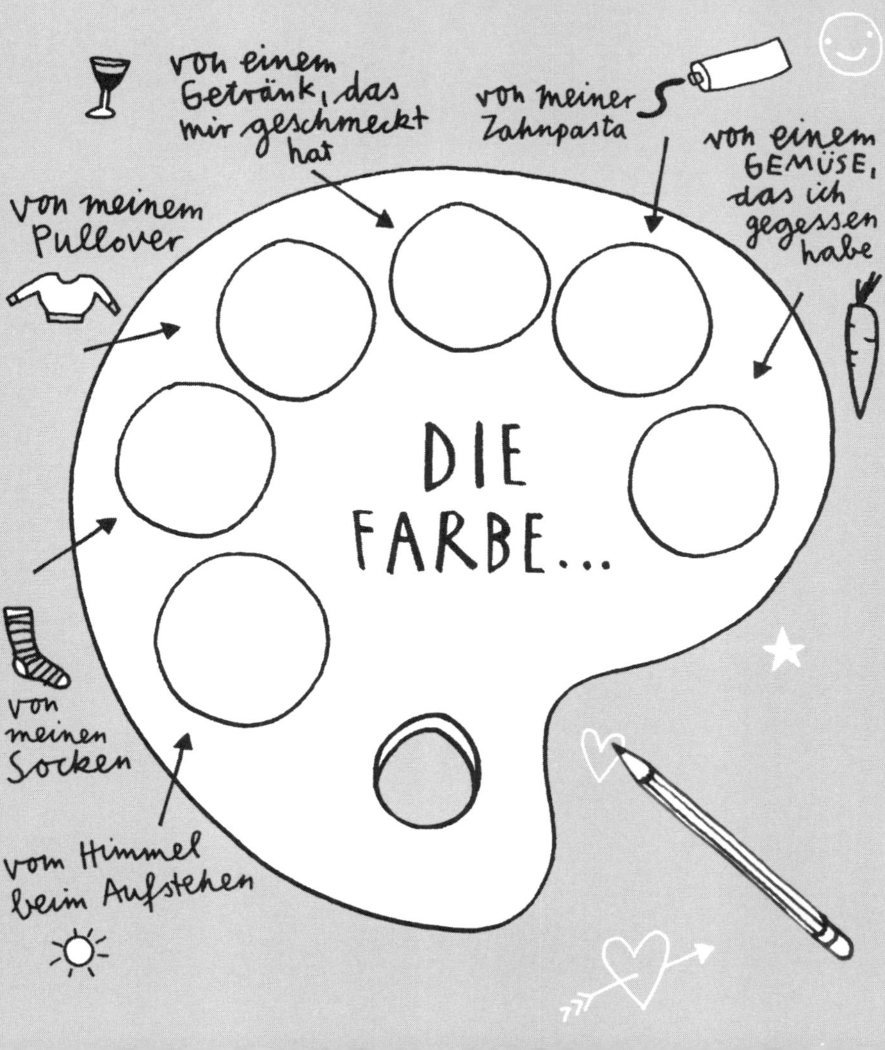

DAS MAG ICH AN DIR:

Und das mag ich an dir:

Das habe ich heute gemacht:

....

....

....

Das Schönste an dem Tag war:

....

....

....

Für morgen wünsche ich mir, dass ...

....

....

....

Heute ist der

da kommt das Datum rein!

Es ist ein

- ☐ wunderbarer
- ☐ fürchterlicher
- ☐ gewöhnlicher
- ☐ zum Haareraufender
- ☐ großartiger
- ☐ superduper
- ☐ ....

- ☐ Montag
- ☐ Dienstag
- ☐ Mittwoch
- ☐ Donnerstag
- ☐ Freitag
- ☐ Samstag
- ☐ Sonntag
- ☐ Glückstag
- ☐ Pechtag
- ☐ ....

Das Wetter ist heute

- ☐ cool, aber nicht zu kühl
- ☐ eher was für Regenwürmer
- ☐ Sonne pur
- ☐ ein bisschen von allem

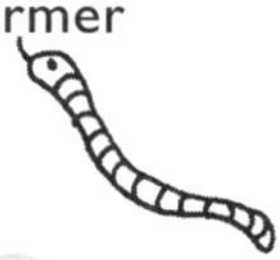

Darauf freue ich mich heute:

Blumenvasen DIY

IDEE 1

Grundiert die Flasche einfarbig. Wenn die Farbe getrocknet ist, könnt ihr mit einer anderen Farbe daraufmalen und/oder -schreiben.

IDEE 2

Schneidet den Fuß einer alten, gemusterten Socke ab und zieht den übrigen Teil der Socke über eine Flasche.

IDEE 4

Klebt Klebeband um die Flasche und streicht diese anschließend mit Acrylfarbe an. Wenn die Farbe getrocknet ist, könnt ihr die Klebestreifen wieder abziehen.

IDEE 3

Schneidet den Fuß einer alten Socke ab. Näht Knöpfe auf den übrigen Teil der Socke und zieht diesen über eine Flasche.

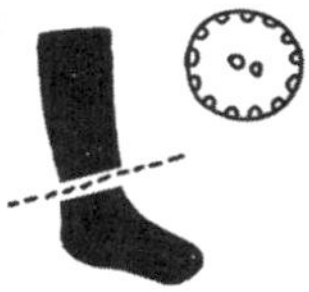

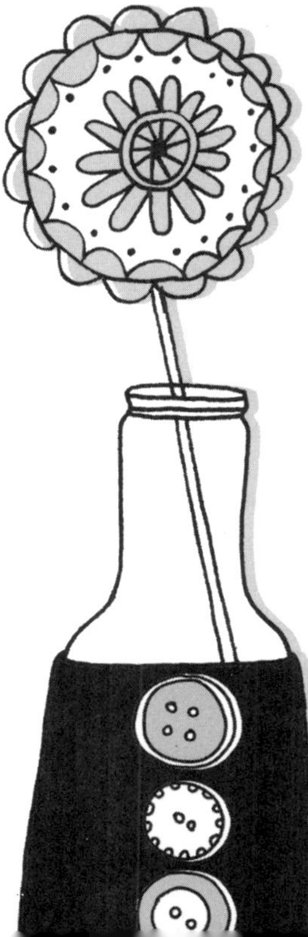

Die Blumenvase habe ich gebastelt

☐ mit ...
☐ für ...

zu diesem Anlass:

Und so sieht meine Vase aus:

Heute ist der __.__.____

5 Things to do TODAY

Hier kannst du eintragen, was du heute erledigen willst:

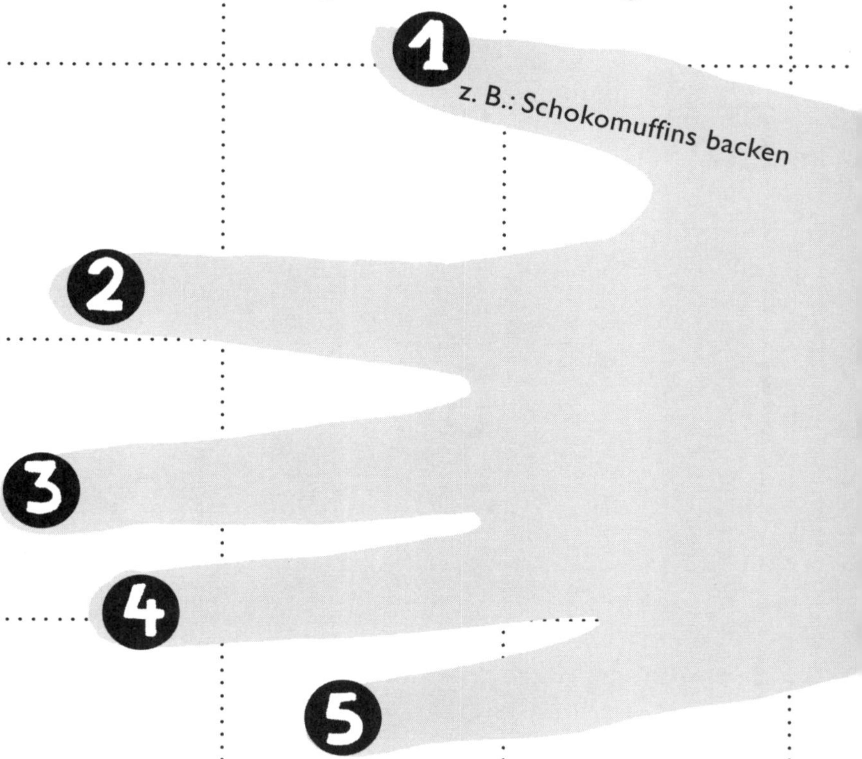

Erfindet eine Geheimschrift, die nur du und deine Freundinnen lesen können!

A

B

C

D

E

F

G

H

I

J

K

L	M △	N
O	P	Q
R	S	T
U	V	W
X	Y	Z

Hier ist Platz für deine geheime Botschaft:

da kommt das Datum rein!

HEUTE IST DER

DAVON HABE ICH HEUTE NACHT GETRÄUMT

....

....

....

GEWECKT WURDE ICH …

- ☐ … von der Sonne, die mich an der Nase gekitzelt hat
- ☐ … vom Regen, der an mein Fenster prasselte
- ☐ … vom Schnarchen meiner Zimmernachbarn
- ☐ … von einer Horde Mücken
- ☐ ....

DAS SEHE ICH VOR MEINEM FENSTER:

DINNER FOR TWO

Blitzpizza

Ihr braucht:
1 Fladenbrot
1 Glas Basilikum-Pesto
2 EL Olivenöl
4 Tomaten
2 Päckchen Mozzarella

Schneidet das Fladenbrot wie ein Brötchen auf.

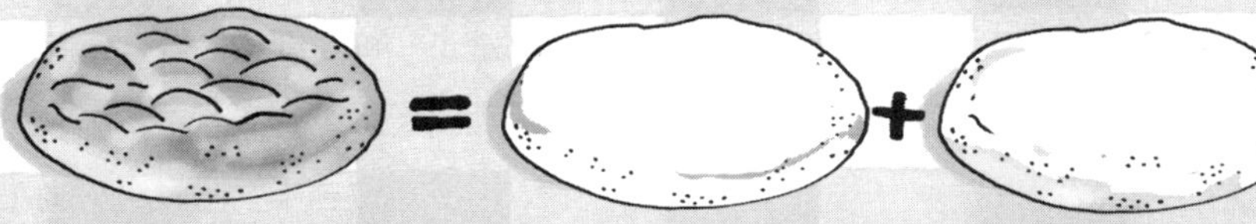

Während die eine von euch das Basilikum-Pesto mit etwas Öl verdünnt und auf die beiden Fladenbrot-Hälften streicht, kann die andere die Tomaten waschen, in dünne Scheiben schneiden und anschließend auf den Brothälften verteilen.
Schneidet auch den Mozzarella in Scheiben und legt sie über die Tomaten.

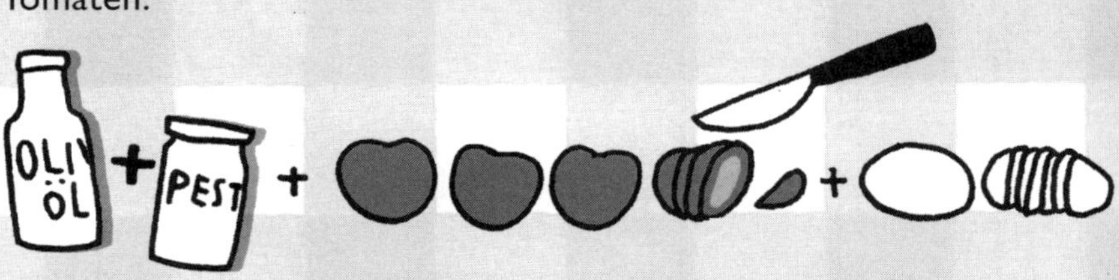

Legt die beiden Pizzen auf Backbleche mit Backpapier (der Mozzarella zerläuft) und lasst sie bei 200 °C ca. 20 Minuten backen.

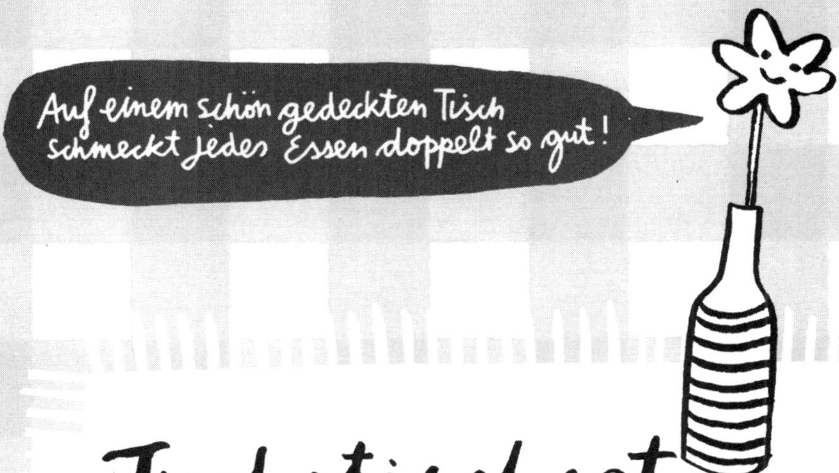

Turbotischset

Ihr braucht: 1 Blatt DIN-A3-Papier pro Gast,
Farbe, Pinsel

Hier könnt ihr eurer Fantasie freien Lauf lassen. Ihr könnt Muster zeichnen, Porträts eurer Gäste oder einfach schon mal das Geschirr aufmalen. Viel Spaß!

Die Pizza habe ich gebacken

- ☐ mit ...
- ☐ für mich und ...

Es war

- ☐ babyleicht
- ☐ eher simpel
- ☐ schon ein bisschen kompliziert
- ☐ megaschwierig
- ☐ nur was für Profis

Sie war

- ☐ lecker
- ☐ nicht so lecker
- ☐ angebrannt
- ☐ igitt

Die Küche sah danach aus

- ☐ genauso wie immer
- ☐ wie ein Schweinestall
- ☐ wie nach einer Explosion
- ☐ tippitoppi

Heute ist der

Hier kommt das Datum rein

Ich fühle mich heute ...

... fit wie ein Turnschuh

... schlapp wie eine alte Socke

Dein Name als Logo!

IDEE 1

Wandelt Buchstaben eurer Namen in Bilder um, die zu euch passen.

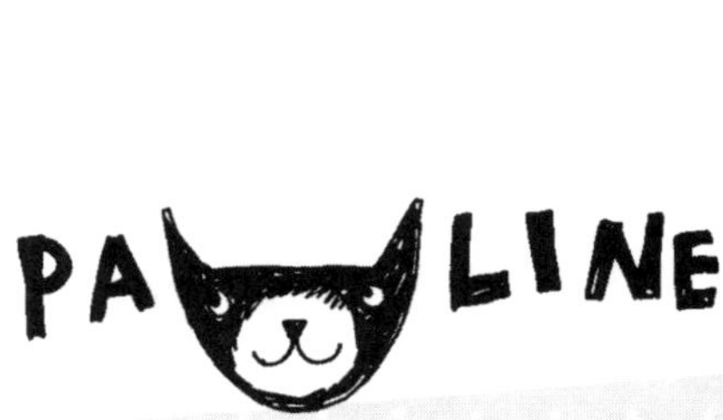

IDEE 2

Sucht euch ein Bild aus, das zu euch passt, und fügt eure Namen ein.

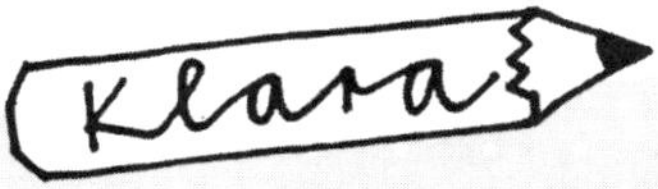

IDEE 3

Schreibt eure Namen oder Initialen in einer besonderen Schrift und fügt ein geometrisches Element hinzu.

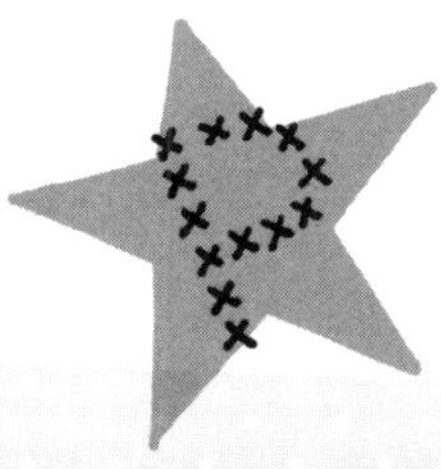

DIESER TAG WAR ETWAS GANZ BESONDERES, WEIL...

....

....

....

....

....

....

....

schöne Sachen:

BLÖDE SACHEN:

Das muss ich unbedingt noch mal machen:

← DIESE NOTE KRIEGT DER TAG

Mein Tag in Farben

Heute ist der ○○.○○.○○○○

0 = weiß 1 = gelb 2 = orange 3 = rot 4 = lila
5 = blau 6 = grün 7 = braun 8 = pink 9 = schwarz

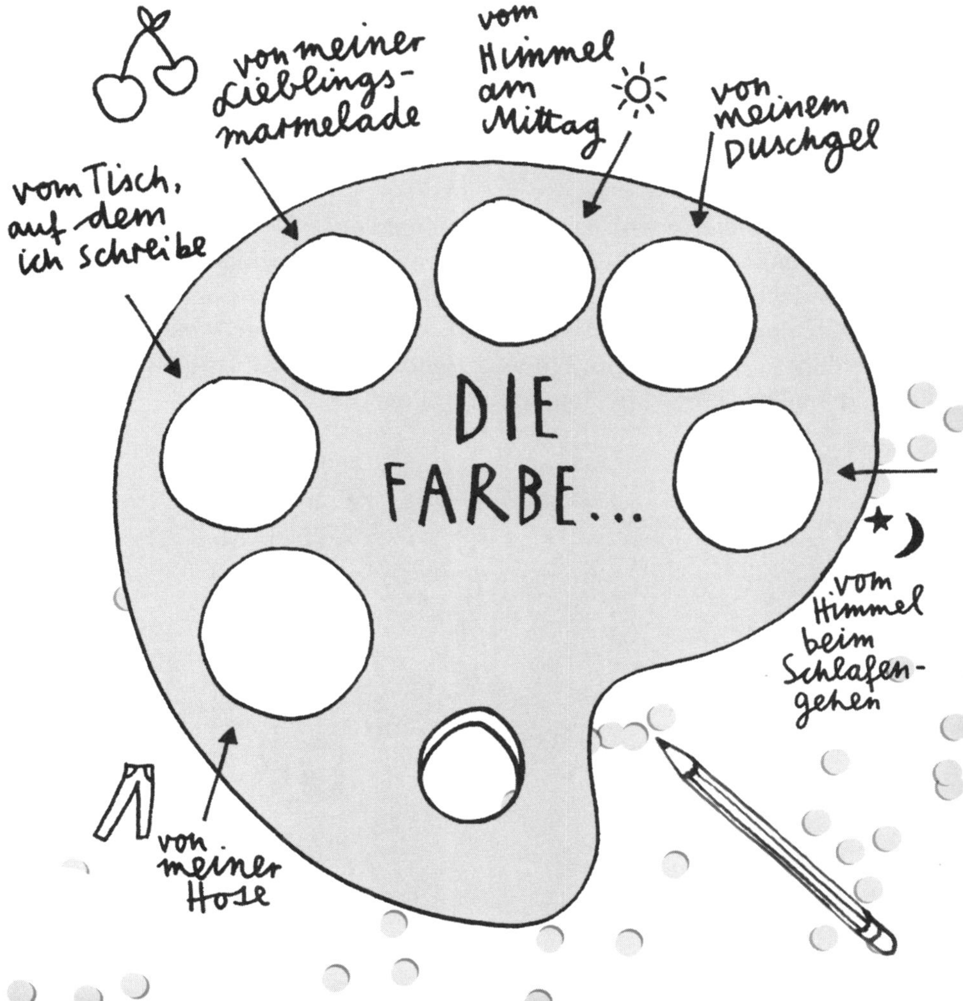

PARTYSPIELE

Für beide Spiele braucht ihr einen Stapel Kleidungsstücke (am besten aus der Flohmarkt- oder der Verkleidungskiste) und eine Uhr.

1

Jeweils 2 Spielerinnen spielen gegeneinander. Beide bekommen die Augen mit einem Tuch verbunden. Die anderen rufen „Los!“ und nach einer Minute „Stopp!“. Die Spielerinnen müssen versuchen, in dieser Zeit so viele Kleidungsstücke wie möglich anzuziehen. Wer schafft mehr? Und wer hat hinterher den coolsten Look?

2

Jeweils 2 Spielerinnen spielen gegeneinander. Die anderen überlegen sich ein Thema, wie z. B. „Dschungel“ oder „Opernbesuch“, und geben es den Spielerinnen bekannt. Diese haben dann genau eine Minute Zeit, um sich möglichst passend zum Thema anzuziehen. Hinterher entscheidet die Jury, wer gewonnen hat.

Die Spiele haben wir bei diesem Anlass gespielt:

Mitgespielt haben:

Am häufigsten gewonnen hat:

Am lustigsten fand ich, dass ...

Heute ist der

da kommt das Datum rein!

Es ist ein

- ☐ wunderbarer
- ☐ fürchterlicher
- ☐ gewöhnlicher
- ☐ zum Haareraufender
- ☐ großartiger
- ☐ superduper
- ☐ ....

- ☐ Montag
- ☐ Dienstag
- ☐ Mittwoch
- ☐ Donnerstag
- ☐ Freitag
- ☐ Samstag
- ☐ Sonntag
- ☐ Glückstag
- ☐ Pechtag
- ☐ ....

Das Wetter ist heute

- ☐ cool, aber nicht zu kühl
- ☐ eher was für Regenwürmer
- ☐ Sonne pur
- ☐ ein bisschen von allem

Das ist mein Motto für heute:

GESICHT ZEIGEN

IDEE 1

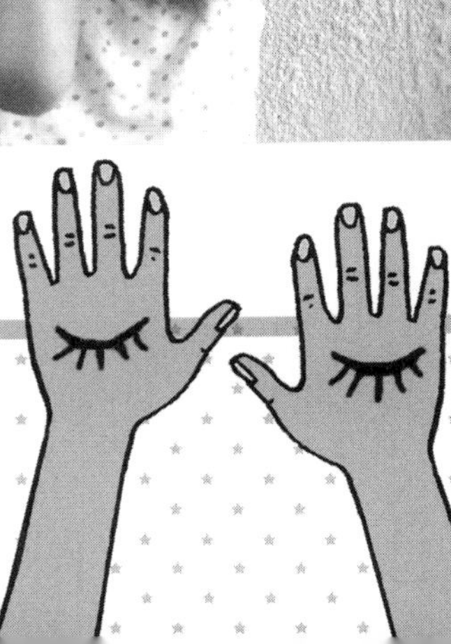

IDEE 2

IDEE 3

Die Fotos habe ich mit gemacht.

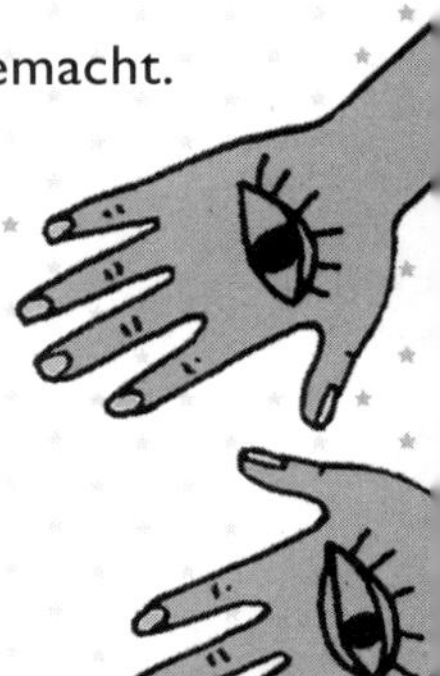

Das hat uns daran besonders Spaß gemacht:

HEUTE IST DER

da kommt das Datum rein!

DAS GAB ES HEUTE …

… ZUM FRÜHSTÜCK

… ZUM MITTAGESSEN

… ZUM ABENDESSEN

Zwischendurch ☐ hätte ich gerne
☐ habe ich

dieses Tortenstück verspeist

WIE GUT KENNST DU DEINE BESTE FREUNDIN?

Zuerst beantwortest du die Fragen über deine Freundin. Dann deckst du die linke Hälfte zu und lässt deine Freundin die Fragen beantworten. Wie viele Antworten stimmen überein?

*streiftes kleid

Ihr ♥-Eis: Schokolade ✗

Ihr ♥-Tier: EULE ✓

Ihre ♥-Sportart: Tanz ✗

Ihre ♥-Fußballmannschaft: Deutschland ✗

Ihr ♥-Getränk: Pfirsichboule ✗

Ihr ♥-Star: Viki und Sarina ✓

Ihr ♥-Instrument: klavier ✓

Ihr ♥-Name: I don't no ✓

Ihre ♥-Farbe: Rosa ✗

Ihr ♥-Kleidungsstück: Ihr blau ge* ✓

Sie wird sauer, wenn: Sie ist nie sauer ✓

Mein ♥-Eis:
Mein ♥-Tier:
Meine ♥-Sportart:
Meine ♥-Fußballmannschaft:
Mein ♥-Getränk:
Mein ♥-Star:
Mein ♥-Instrument:
Mein ♥-Name:
Meine ♥-Farbe:
Mein ♥-Kleidungsstück:
Ich werde sauer, wenn:

AUFLÖSUNG:

11: WOW! Ihr habt geschummelt, oder?
8-10: Ihr kennt euch gut, aber wisst nicht alles voneinander.
4-7: Ihr solltet mal wieder mehr Zeit miteinander verbringen!
0-3 Punkte: Seid ihr sicher, dass ihr euch überhaupt kennt?

HEUTE BIN ICH STOLZ
AUF MICH, WEIL ...

DAFÜR BRAUCHE ICH EIN
TROSTPFLASTER:

ICH FREUE MICH AUF
MORGEN, WEIL ...

HEUTE IST DER ...

Das habe ich heute vor:

Dieses Lied ist heute mein Ohrwurm:

Auf diesen Duft freue ich mich:

Das werde ich heute auf jeden Fall sehen:

Das muss ich unbedingt erzählen:

DER SCHÖNSTE KUCHEN DER WELT

IHR BRAUCHT

Einen Kuchen
2 Schaschlikspieße
buntes Papier
Schere
Klebestift

Schneidet für die Girlande aus einem DIN-A4-Bogen buntem Papier ca. 100 Streifen aus, die ungefähr diese Größe haben:

Tupft ein bisschen Kleber an das Ende des Streifens und klebt sie ringförmig zusammen.

Tupft Kleber auf den nächsten Streifen, steckt ihn durch den Ring und klebt auch diesen ringförmig zusammen. Macht so weiter, bis eure Kette ca. 35 cm lang ist. Dann beginnt ihr mit der zweiten Kette!

Um die Enden der beiden Schaschlikspieße zu verzieren, braucht ihr je 2 Papierstücke in drei Größen. Diese schneidet ihr jeweils von einer Seite ein.

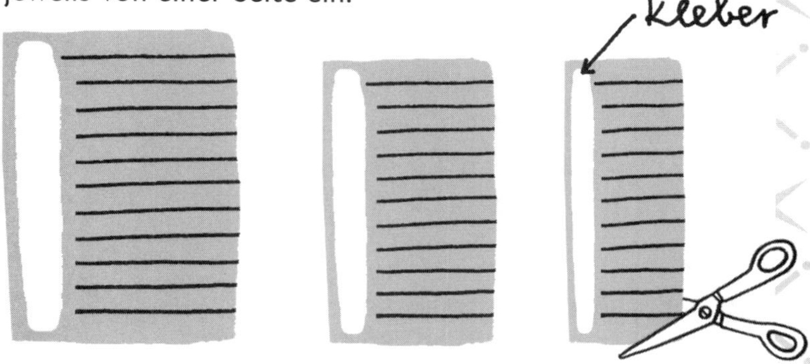

Anschließend tupft ihr Kleber auf und wickelt sie nacheinander um das stumpfe Ende der Holzstäbchen. Ihr beginnt jeweils mit dem größten Papier.

Wenn ihr beide Spieße verziert habt, steckt ihr sie durch die Papierketten und fixiert die beiden Ketten jeweils mit einem kleinen Stück Tesa. Statt der Papiergirlande könnt ihr auch eine Schnur zwischen die Schaschlikspieße knoten und daran je nach Anlass z. B. Zahlen aus Papier (für einen Geburtstag) oder kleine Papierkleider (für eine Klamottentauschparty) hängen.

Den Kuchen habe ich gebacken und dekoriert mit ...

Er ist für ...

- ☐ weil sie Geburtstag hat
- ☐ weil sie wirklich nett ist
- ☐ weil ich sie überraschen will
- ☐ weil ...

Der Kuchen sah hinterher
- ☐ toll aus
- ☐ seltsam aus
- ☐ viel besser aus als in der Anleitung

Das ist das Rezept von meinem Lieblingskuchen:

HEUTE IST DER

Da kommt das Datum rein!

und so sehe ich heute aus:

WOW!

BRAVO!

Ich fühle mich heute ...

... unschlagbar groß und stark

... schüchtern und klein

WIR GEHÖREN ZUSAMMEN

Freundschaftsbändchen gibt es inzwischen überall. Hier sind 2 Ideen, wie ihr auf andere Art und Weise zeigen könnt, dass ihr zusammengehört!

Temporäre Tattoos könnt ihr euch ganz leicht gegenseitig aufmalen. Dazu braucht ihr: wasserfesten Eyeliner, Babypuder und Haarspray

1. Das Motiv mit dem Eyeliner aufmalen.
2. Babypuder darauf streuen und sacht „einklopfen"
3. Haarspray über das Motiv sprühen

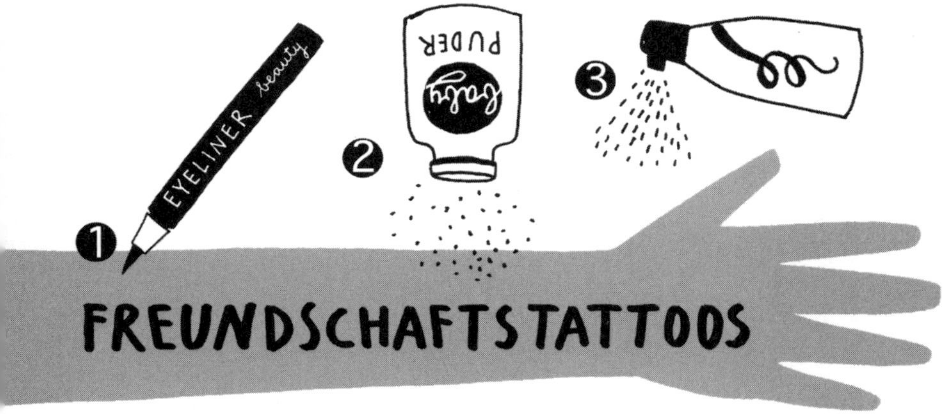

SOCKENTAUSCH

Der Klassiker unter den Freundschaftszeichen! Dazu tauscht ihr jeweils eine Socke. Am auffälligsten ist dies natürlich, wenn ihr gemusterte oder bunte Ringelsocken tragt.

Diese Tattoos haben wir gemalt:

Mein Tag in Farben

Heute ist der ○○.○○.○○○○

0 = weiß	1 = gelb	2 = orange	3 = rot	4 = lila
5 = blau	6 = grün	7 = braun	8 = pink	9 = schwarz

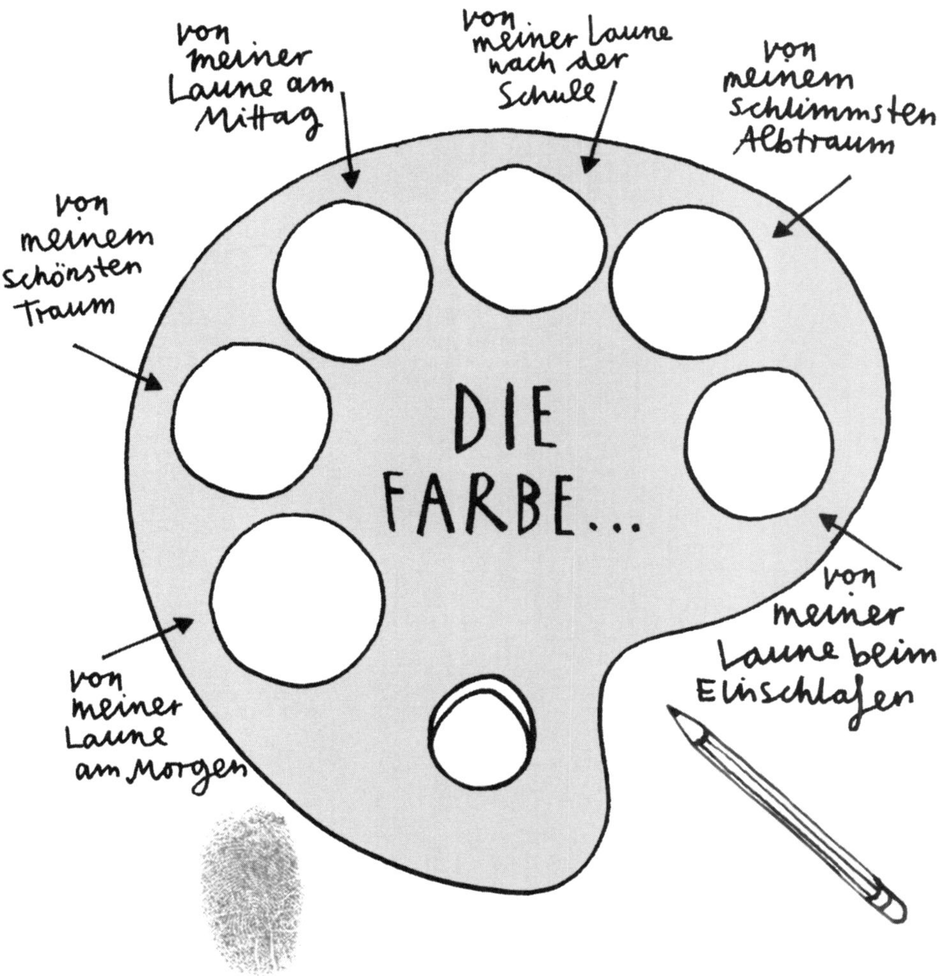

Hier ist Platz für ALLE!

Versammelt alle eure Freundinnen und Freunde auf dieser Seite, indem ihr Tintenkleckse oder Fingerabdrücke weitermalt!

Darüber habe
ich mich heute gefreut:

Darüber habe
ich mich heute geärgert:

Dieser Tag bekommt von mir so viele Sterne:

fürs Ausschlafen

für das Wetter

fürs Chillen

für das Essen

für Freundinnen

für den Abend

Je mehr Sterne du ausmalst, desto besser deine Wertung!

Heute ist der

da kommt das Datum rein!

Es ist ein

- [ ] wunderbarer
- [ ] fürchterlicher
- [ ] gewöhnlicher
- [ ] zum Haareraufender
- [ ] großartiger
- [ ] superduper
- [ ] ....

- [ ] Montag
- [ ] Dienstag
- [ ] Mittwoch
- [ ] Donnerstag
- [ ] Freitag
- [ ] Samstag
- [ ] Sonntag
- [ ] Glückstag
- [ ] Pechtag
- [ ] ....

Das Wetter ist heute

- [ ] cool, aber nicht zu kühl
- [ ] eher was für Regenwürmer
- [ ] Sonne pur
- [ ] ein bisschen von allem

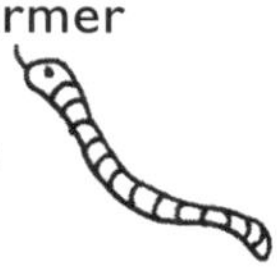

Den Tag verbringe ich mit:

Traumfänger basteln

IHR BRAUCHT:

Ein Stück Pappe, ca. 17 x 17cm
Schere, Bleistift
Wollreste
Federn, Perlen

1. Benutzt eine Untertasse als Schablone und zeichnet einen Kreis auf die Pappe auf. Benutzt nun eine Tasse als Schablone und zeichnet den inneren Kreis auf. Schneidet den Pappring aus.

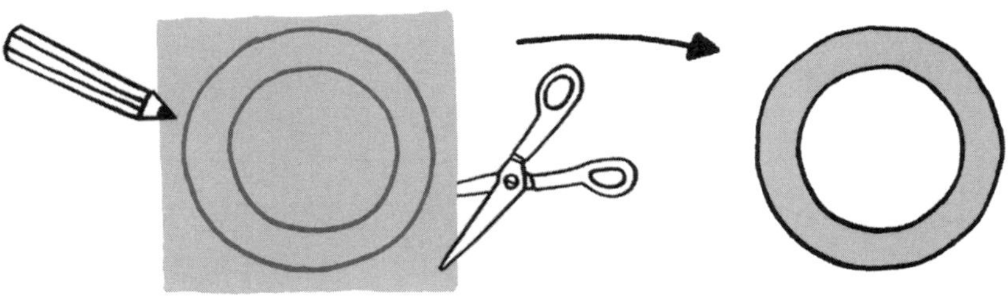

2. Umwickelt den Pappring mit Wolle, am besten mit verschiedenen Farben. Verknotet die Enden.

3. Um die Träume zu „fangen“, nehmt ihr einen weiteren Faden und knüpft damit ein „Netz“ im Innern des Rings.

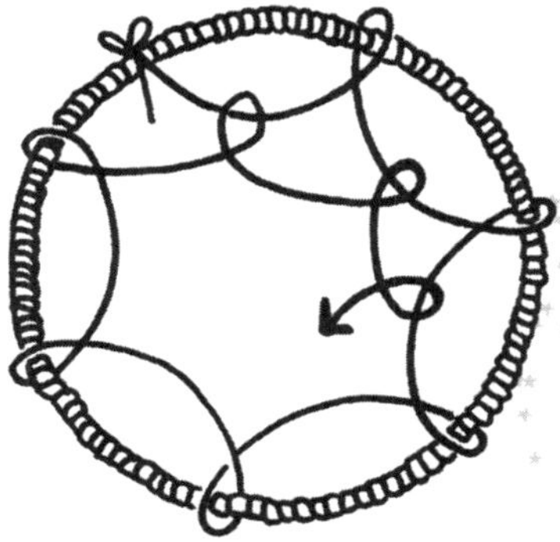

4. Danach fädelt ihr Perlen auf weitere Fäden und knotet Federn an die Enden. Die fertig geschmückten Fäden knotet ihr an der unteren Ringhälfte fest.

5. Mit einem Faden, den ihr oben am Ring festknotet, könnt ihr eure Traumfänger aufhängen.

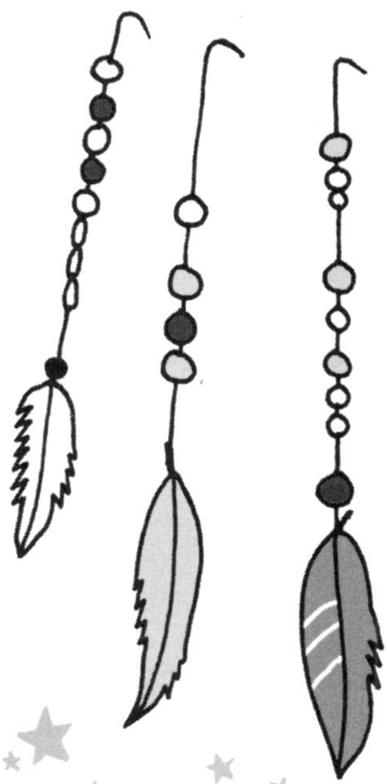

Tipp:

Wenn ihr keine Federn habt, könnt ihr auch gemalte Papierfedern an den Traumfänger hängen!

Den Traumfänger habe ich gebastelt

- ☐ mit ...
- ☐ für ...

Es hat gedauert:

- ☐ 5 Playlists lang
- ☐ 1 Liter Apfelschorle lang
- ☐ bis zum Dunkelwerden
- ☐ bis mir die Finger wehtaten
- ☐ im Handumdrehen

Es war

- ☐ babyleicht
- ☐ eher simpel
- ☐ schon ein bisschen kompliziert
- ☐ megaschwierig
- ☐ nur was für Profis

Den Traum würde
ich gerne für immer auffangen:

Heute ist der __.__.____

5 Things to do TODAY

Hier kannst du eintragen, was du heute erledigen willst:

FREUNDSCHAFTS-ELFCHEN

Das Elfchen ist ein kurzes Gedicht, das aus genau 11 Wörtern besteht. Diese werden in einer festgelegten Anordnung auf fünf Zeilen verteilt.

1. Zeile	1 Wort	eine Jahreszeit, eine Eigenschaft, eine Farbe ...
2. Zeile	2 Wörter	etwas über das Wort aus Zeile 1
3. Zeile	3 Wörter	mehr über diese Person ...
4. Zeile	4 Wörter	was meinst du dazu?
5. Zeile	1 Wort	ein abschließendes Wort, ein Gedanke, ein Gefühl, eine Stimmung

Hier ist ein Beispiel:

Zusammen
jeden Tag
gemeinsam lachen, weinen
viel schöner als alleine
Freundinnen

Ein Elfchen von dir über deine Freundin:

Ein Elfchen von deiner Freundin über dich:

Ein Elfchen über meinen Tag
Ein Elfchen über etwas, das ich mag

da kommt das Datum rein!

HEUTE IST DER

DAVON HABE ICH HEUTE NACHT GETRÄUMT

....

....

....

GEWECKT WURDE ICH ...

- ☐ ... von der Sonne, die mich an der Nase gekitzelt hat
- ☐ ... vom Regen, der an mein Fenster prasselte
- ☐ ... vom Schnarchen meiner Zimmernachbarn
- ☐ ... von einer Horde Mücken
- ☐ ....

DAS SEHE ICH VOR MEINEM FENSTER:

WERDET STRAẞEN-KÜNSTLERINNEN

1

Schreibt eure Botschaften in Riesensprechblasen und fotografiert euch damit! (Vorsicht: nur da, wo keine Autos fahren, damit ihr in Ruhe malen und fotografieren könnt!)

Warum nicht einmal groß und deutlich?

2

SUPER FRISUR!

Grasbüschel in Straßenritzen sehen aus wie Haarbüschel und sind ein prima Ausgangspunkt für Porträts!

Dschungel

Oft werfen die Sträucher am Wegrand tolle Schattenmuster auf die Straße. Mit bunter Kreide könnt ihr diese in einen blühenden Dschungel verwandeln!

3

Meine Laune war heute so:

Diese Laus lief mir heute über die Leber:

Dieser Floh machte mich heute froh:

Heute ist der

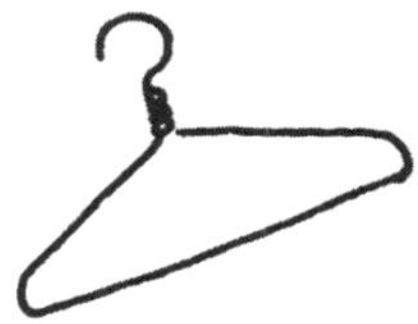

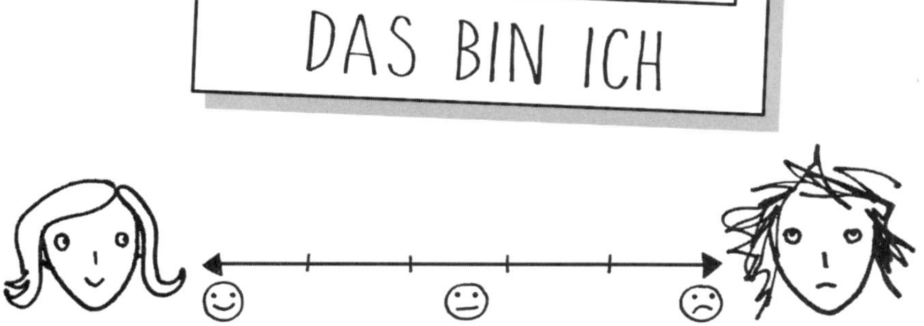

DER PERFEKTE PLAN FÜR DEINE Klamotten-tauschparty

am .... von .... bis .... Uhr

Beim Vorbereiten hilft mir: ....

Und so funktioniert das Tauschen:
Jede bringt alte, nicht mehr passende Kleidungsstücke mit (Achtung: vorher mit den Eltern abklären, ob die Klamotten eingetauscht werden dürfen). Die verteilt ihr dann in einer (gut aufgeräumten) Ecke deines Zimmers, am besten auf einem Wäscheständer oder so. Wenn alle Freundinnen da sind, darf jede nach Herzenslust Sachen anprobieren und mitnehmen. Alles, was übrig bleibt, könnt ihr in einer letzten Runde noch mal gesondert anpreisen. Wenn es keine haben möchte, muss es die jeweilige Eigentümerin wieder mitnehmen.

Beim Aufräumen helfen: ....

Name	bringt mit (Essen/Trinken/...)

KLEIDER RAUSSUCHEN
Kleiderstange bereitstellen
EINLADUNGEN BASTELN
und rechtzeitig verteilen
MUSIK
Playlist zusammenstellen
SNACKS
TO DO
mmh !!
FOTOSHOOTING
Platz schaffen
Spiegel bereitstellen
Accessoires sammeln
GETRÄNKE
z. B. Bowle?

Die Klamottentauschparty habe ich gemacht mit:

Das muss ich

- ☐ unbedingt noch mal machen
- ☐ demnächst monatlich
- ☐ bald wieder
- ☐ frühestens in 2 Jahren
- ☐ garantiert nie wieder!

Das schönste Kleidungsstück, das ich bekommen habe, ist dieses hier:

Mein Tag in Farben

Heute ist der 00.00.0000

0 = weiß 1 = gelb 2 = orange 3 = rot 4 = lila
5 = blau 6 = grün 7 = braun 8 = pink 9 = schwarz

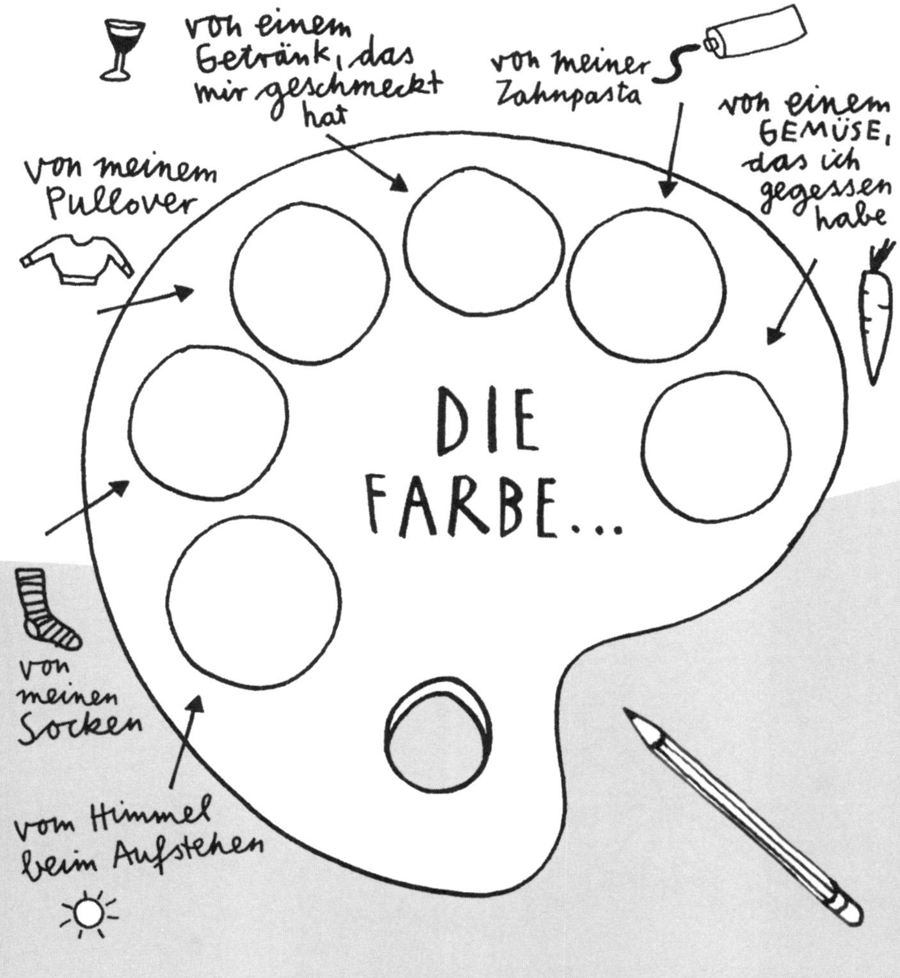

EINE FREUNDSCHAFTS-GIRLANDE BASTELN

Ihr braucht: Schnur oder Geschenkband
Wäscheklammern
farbiges Papier
Kleber
Schere
Fotos
Erinnerungsstücke
(Tickets, Fahrkarten, Briefe etc.)

PAPIERGIRLANDEN-SCHMUCK

Nehmt 4 Blatt quadratisches Papier und faltet jedes zur Zieharmonika. Knickt die gefalteten Blätter in der Mitte und klebt sie dort zusammen. Klebt die vier Viertel wie auf dem Bild zu einer Papierrosette zusammen.

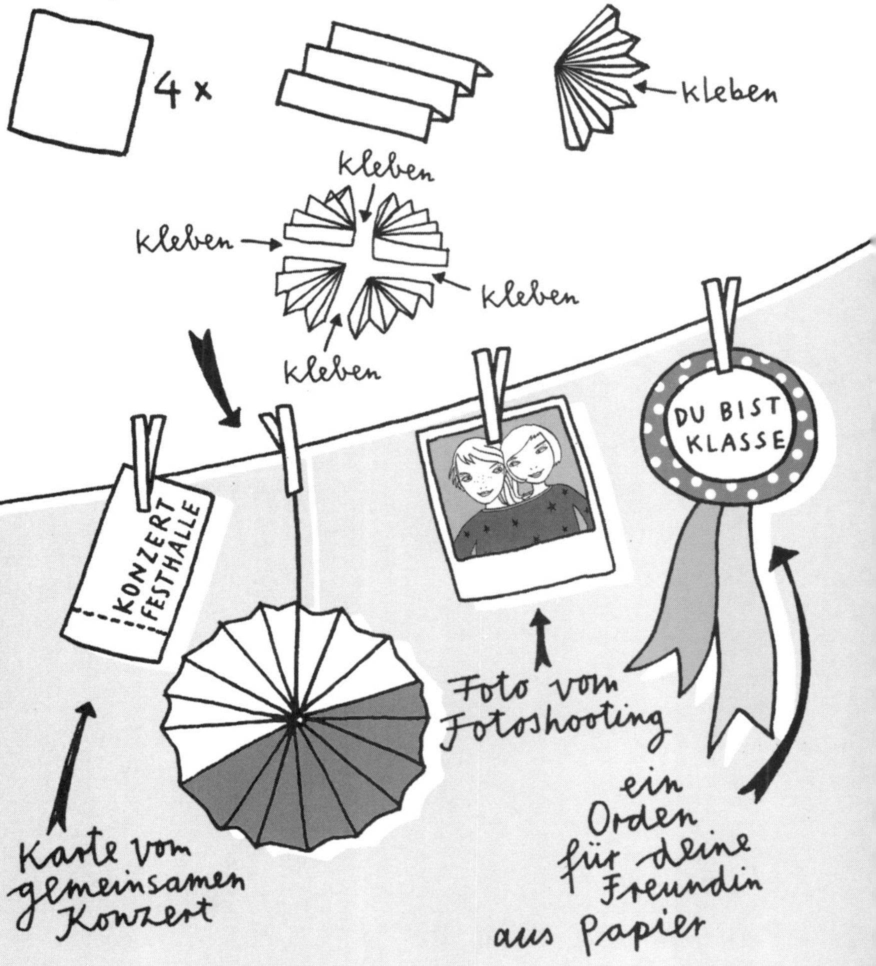

Dieser Tag bekommt von mir so viele Sterne:

fürs Ausschlafen

für das Wetter

fürs Chillen

für das Essen

für Freundinnen

für den Abend

Je mehr Sterne du ausmalst, desto besser deine Wertung!

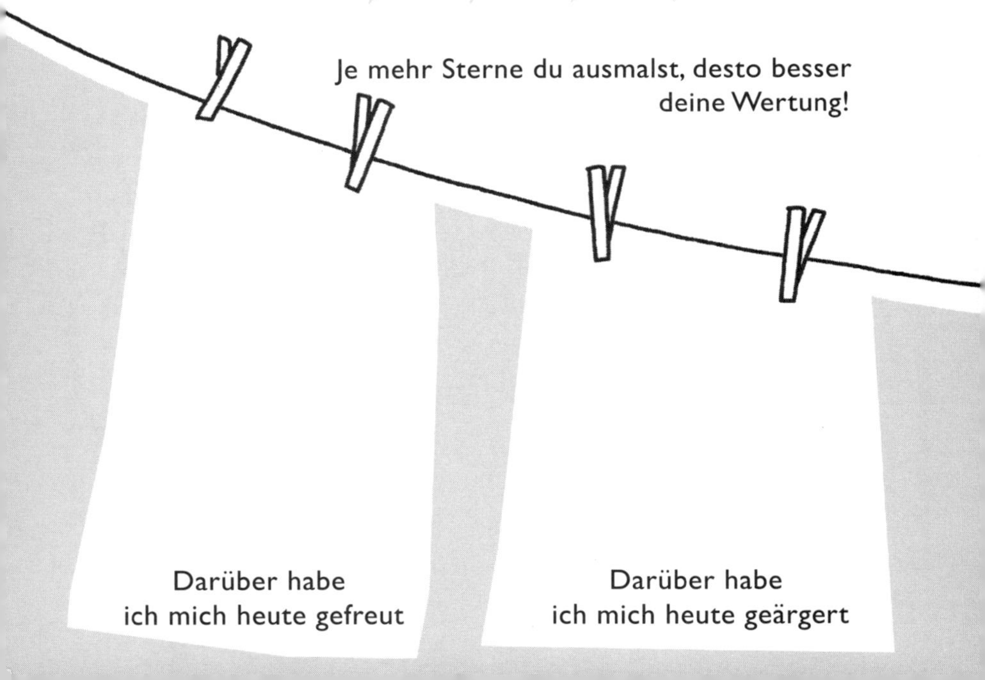

Heute ist der

← da kommt das Datum rein!

Es ist ein

- ☐ wunderbarer
- ☐ fürchterlicher
- ☐ gewöhnlicher
- ☐ zum Haareraufender
- ☐ großartiger
- ☐ superduper
- ☐ ....

- ☐ Montag
- ☐ Dienstag
- ☐ Mittwoch
- ☐ Donnerstag
- ☐ Freitag
- ☐ Samstag
- ☐ Sonntag
- ☐ Glückstag
- ☐ Pechtag
- ☐ ....

Das Wetter ist heute

- ☐ cool, aber nicht zu kühl
- ☐ eher was für Regenwürmer
- ☐ Sonne pur
- ☐ ein bisschen von allem

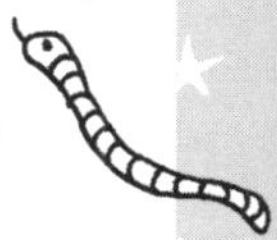

Darauf freue ich mich heute:

BEST FRIENDS FOREVER?

In 10 Jahren sehen wir so aus:

Unsere Hobbys sind:

Wir machen eine Reise nach:

In 20 Jahren sehen wir so aus:

Das sind unsere Berufe:

Wir haben insgesamt so viele Kinder:

Wir leben hier:

In 50 Jahren sehen wir so aus:

Das machen wir immer noch am liebsten gemeinsam:

Wir haben insgesamt .... Kinder und .... Enkelkinder.

Das habe ich heute gemacht:

....

....

....

Das Schönste an dem Tag war:

....

....

....

Für morgen wünsche ich mir, dass ...

....

....

....

HEUTE IST DER

da kommt das Datum rein!

DAS GAB ES HEUTE …

… ZUM FRÜHSTÜCK

… ZUM MITTAGESSEN

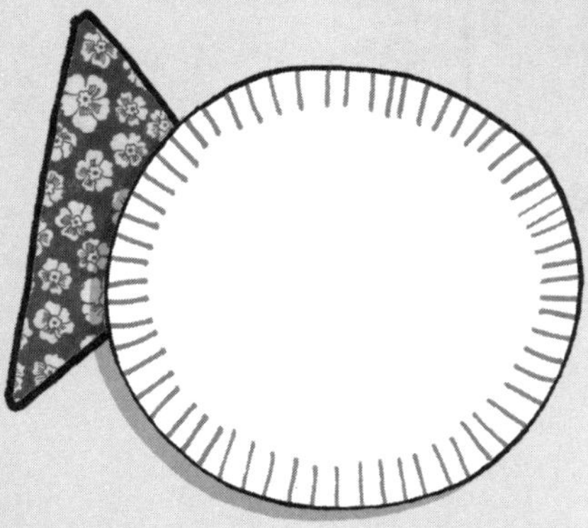

… ZUM ABENDESSEN

Zwischendurch ☐ hätte ich gerne
☐ habe ich

dieses Tortenstück verspeist

Freundschafts-püppchen basteln

Für 2 Figuren braucht ihr:
einen DIN-A4-Bogen weißen Bastelfilz
Schere
Stift
Nadel
weißes und farbiges Stickgarn
Watte

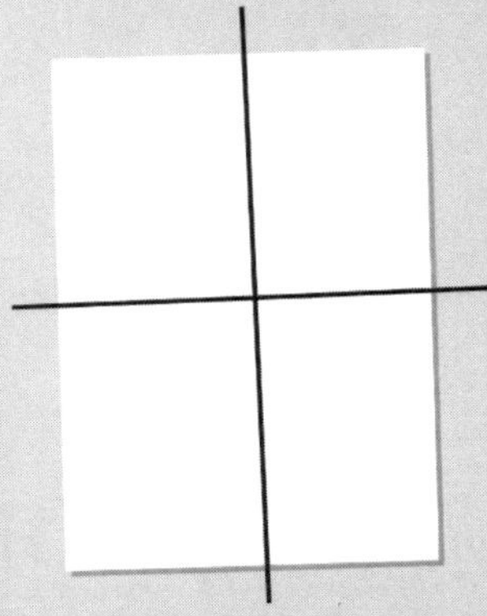

1 Teilt den Bogen in 4 Teile.

2 Zeichnet euch jeweils auf eins der Filzstücke und schneidet die Figur aus. Lasst dabei rundherum einen Rand von ca. 1 cm stehen. Benutzt diese Formen als Schablone für das Rückenteil der Püppchen und schneidet auch diese aus.

3 Stickt nun mit dem Stickgarn eure gezeichneten Linien nach. Wie das geht, seht ihr auf der Seite „Das Freundinnenshirt“.

4 Legt Vorder- und Rückseite der Figuren aufeinander und näht sie mit dem weißen Garn am Rand rundherum zusammen. Kurz bevor ihr die Runde vollendet habt, stopft ihr ein wenig Watte in die Figuren. Dann schließt ihr die Naht komplett.

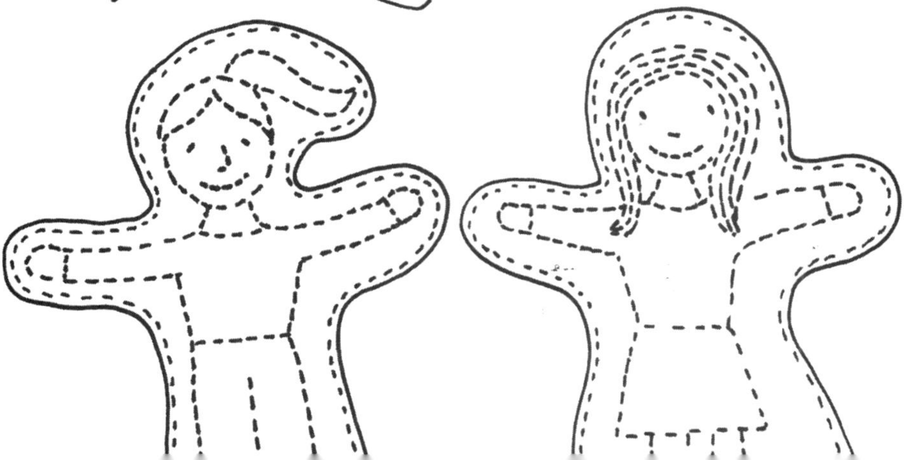

Das / Die Freundinnenpüppchen habe ich genäht

☐ mit ...
☐ für ...

So lange hat es gedauert:

☐ 5 Playlists lang
☐ 1 Liter Apfelschorle lang
☐ bis zum Dunkelwerden
☐ bis mir die Finger wehtaten
☐ im Handumdrehen

Es war

☐ babyleicht
☐ eher simpel
☐ schon ein bisschen kompliziert
☐ megaschwierig
☐ nur was für Profis

Ich werde

☐ noch ganz viele Püppchen nähen
☐ nie mehr irgendetwas nähen!
☐ Wellness für die Hände machen
☐ ....
☐

HEUTE IST DER …

Das habe ich heute vor:

Dieses Lied ist heute mein Ohrwurm:

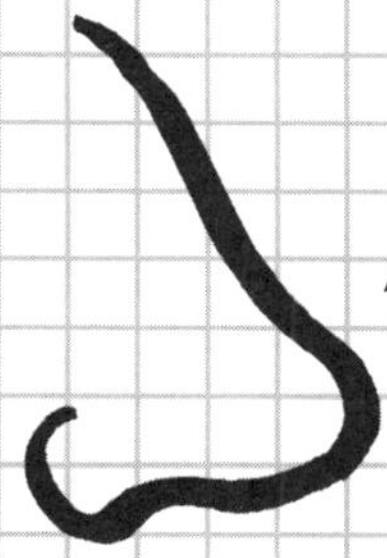

Auf diesen Duft freue ich mich:

Das werde ich heute auf jeden Fall sehen:

Das muss ich unbedingt erzählen:

FRECHE FRÜCHTCHEN

1

Schmückt euch selber mit Gemüse oder (noch besser, weil so kein Essen verschwendet wird) geht nach draußen und sucht Blätter und Pflanzen, mit denen ihr euch schmücken könnt!

2

Ihr müsst sowieso gerade für den Salat schnippeln oder den Tisch decken? Wie wäre es mit Gemüseporträts als Tisch- bzw. Tellerdeko?

Die Fotos habe ich mit gemacht.

Das hat uns daran besonders Spaß gemacht:

Für das nächste Fotoshooting haben wir noch diese Idee:

Heute ist der

DAS DATUM UMKRINGELN!

1 2 3 4 5 6 7 8 9 10 11 12 13 14 15 16 17 18 19 20 21 22 23 24 25 26 27 28 29 30 31

1 2 3 4 5 6 7 8 9 10 11 12

Mein Tag dauerte von bis

Das bin ich:

Ich fühle mich heute ...

UPCYCLING-WORKSHOP

Für alle 3 Upcycling-Ideen braucht ihr eine LED-Lichterkette mit 10 Lämpchen.

IDEE 1

Ihr braucht außerdem:
weißes Transparentpapier, Schere

Schneidet aus dem Papier 10 Rechtecke von 15 x 10 cm aus und faltet daraus klassische Papierschiffchen. Steckt jeweils ein Schiffchen auf eine Birne.

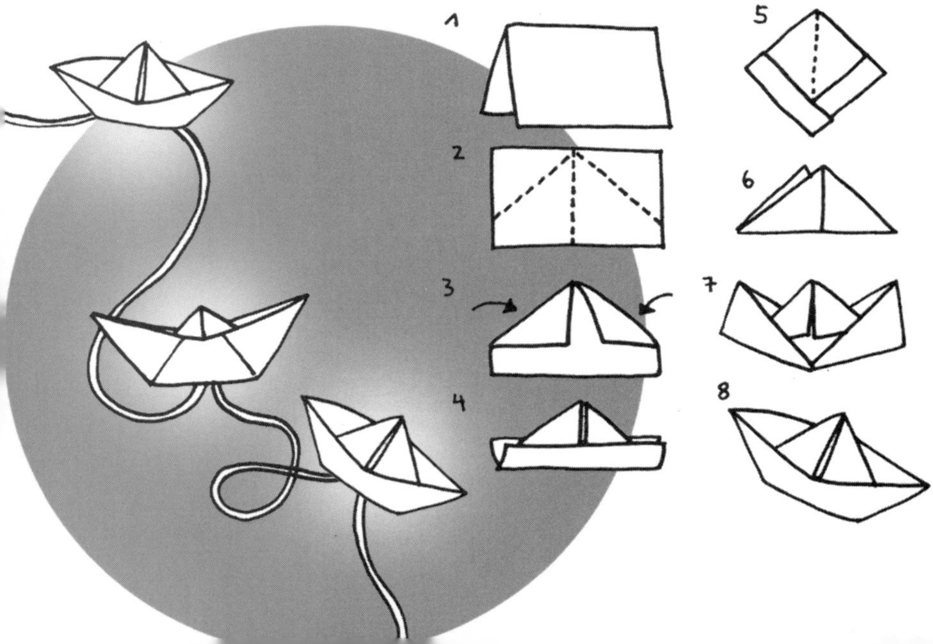

IDEE 2

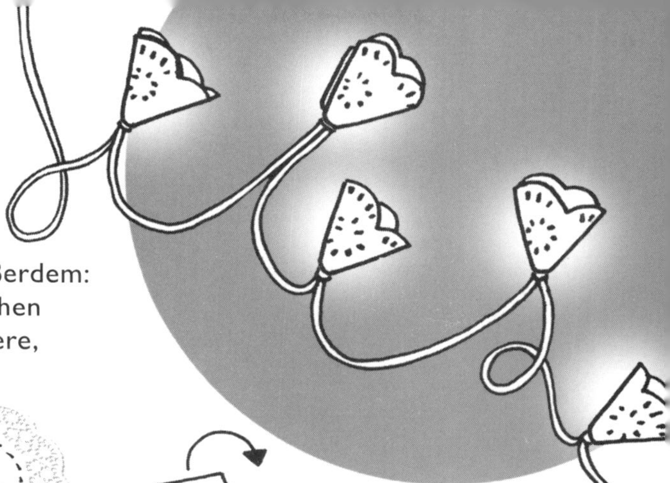

Ihr braucht außerdem:
3 Spitzendeckchen
aus Papier, Schere,
Kleber.

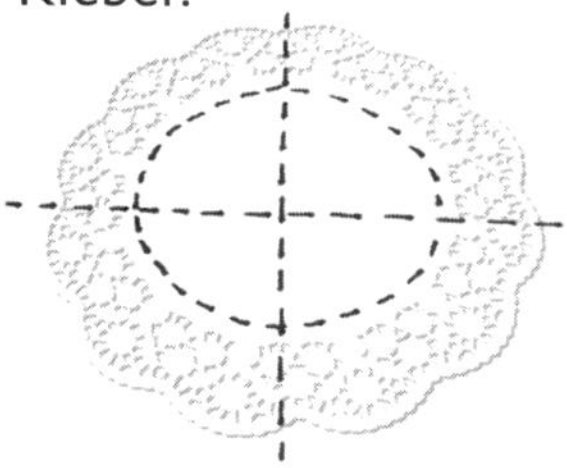

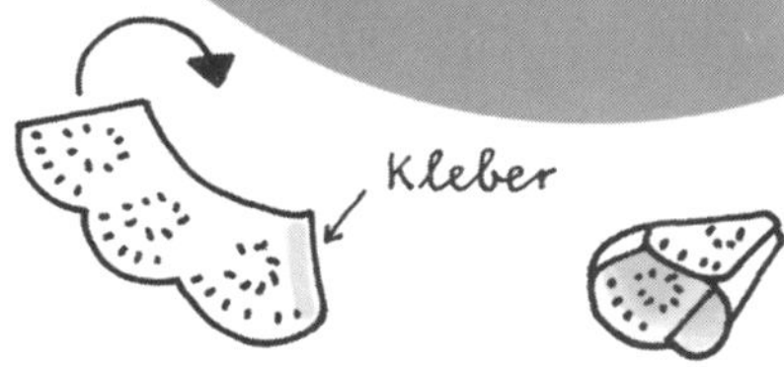

Viertelt die Deckchen und schneidet den inneren Teil ab, sodass nur noch die Spitze übrig bleibt. Rollt die Stücke trichterförmig zusammen, klebt sie jeweils fest und stülpt sie über die Birnen.

IDEE 3

Ihr braucht außerdem: 10 gemusterte Muffinförmchen

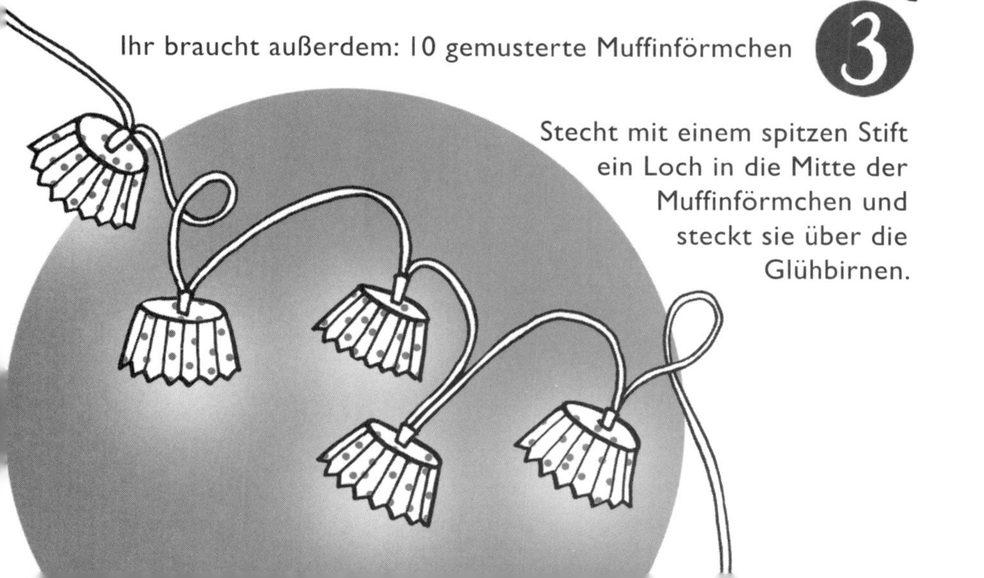

Stecht mit einem spitzen Stift ein Loch in die Mitte der Muffinförmchen und steckt sie über die Glühbirnen.

Die Lichterkette habe ich gebastelt mit:

So lange hat es gedauert:
- ☐ 5 Playlists lang
- ☐ 1 Liter Apfelschorle lang
- ☐ bis zum Dunkelwerden
- ☐ bis mir die Finger wehtaten
- ☐ im Handumdrehen

Es war
- ☐ babyleicht
- ☐ eher simpel
- ☐ schon ein bisschen kompliziert
- ☐ megaschwierig
- ☐ nur was für Profis

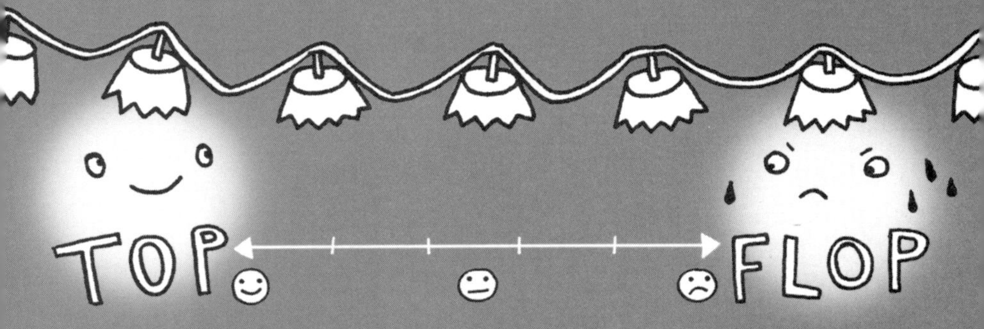

Mein Tag in Farben

Heute ist der ○○.○○.○○○○

0 = weiß 1 = gelb 2 = orange 3 = rot 4 = lila
5 = blau 6 = grün 7 = braun 8 = pink 9 = schwarz

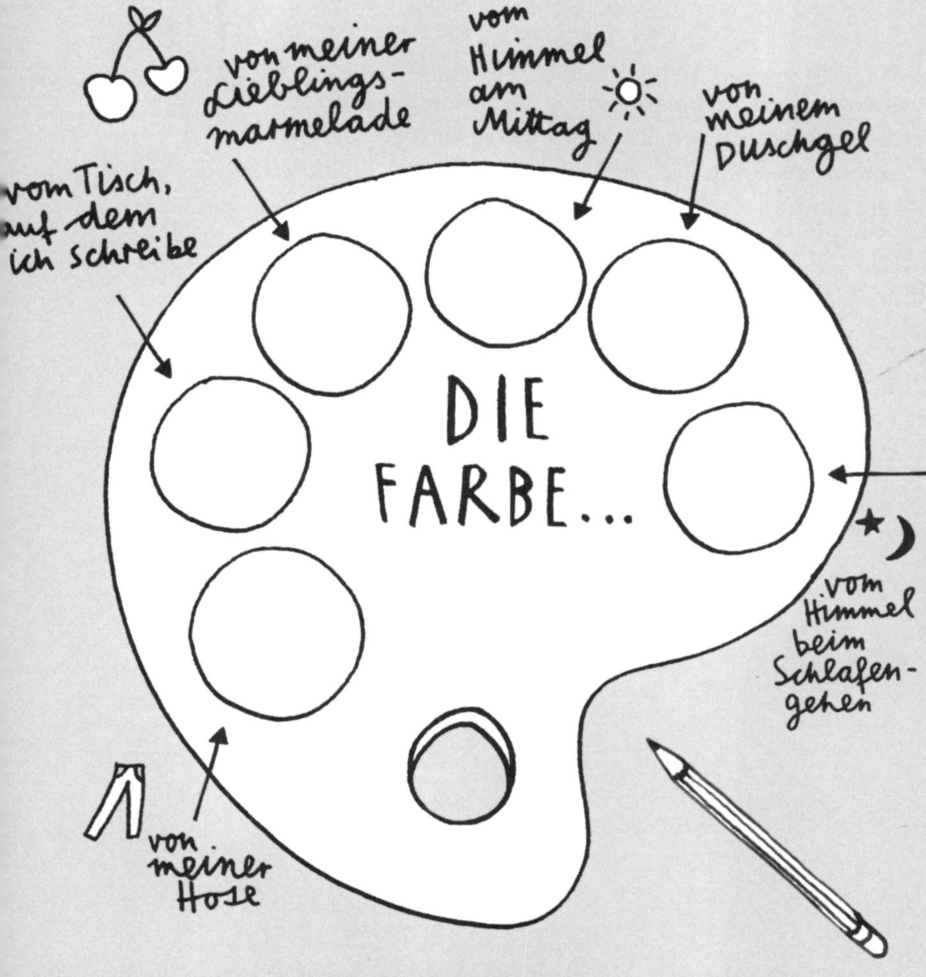

Komm bald wieder

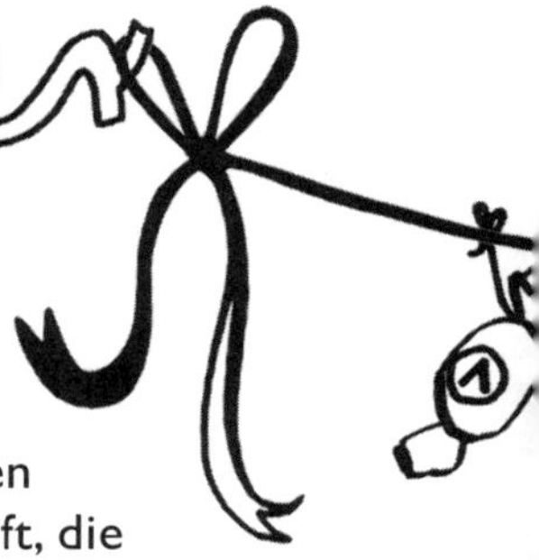

Der „Bis-wir-uns-wiedersehen-Kalender“ ist eine Art Adventskalender für die Sommerferien oder andere Zeiten, in denen ihr euch nicht sehen könnt. Eine kleine Überraschung für jeden Tag hilft, die Zeit ohne die Freundin schneller vergehen zu lassen.

IDEE 1

Bastele kleine Umschläge und stecke in jeden ein kleines Foto von euch beiden. So bist du immer bei deiner Freundin, auch wenn du gar nicht da bist!

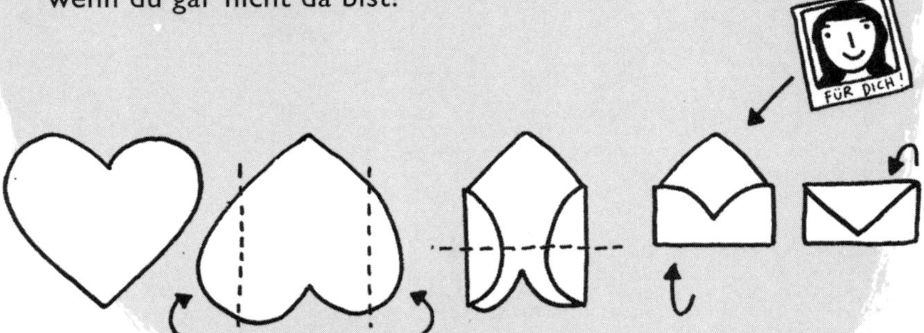

IDEE 2

Knote für jeden Tag, an dem ihr euch nicht seht, ein Bonbon an eine Schnur. Mit jedem vergangenen Tag und jedem gelutschten Bonbon wird die Zeit etwas kürzer und süßer!

IDEE 3

Schreibe deine Lieblingswitze auf kleine Zettelchen, falte sie zusammen und stecke sie in ein leeres Marmeladenglas. Klebe ein fröhliches Etikett darauf. So hat deine Freundin jeden Tag etwas zu lachen!

Den „Bis-wir-uns-wiedersehen-Kalender“ habe ich gebastelt für:

Wir sehen uns ... Tage nicht, weil ...

Darauf freue ich mich besonders, wenn sie wiederkommt:

MEINE FREUNDINNEN

MEIN SPITZNAME:

ADRESSE:

TELEFON:

HANDY:

E-MAIL:

GEBURTSTAG:

★ - ZEICHEN:

HAARFARBE:

👁 - FARBE:

GRÖẞE:

HOBBYS:

♥ - MUSIK:

♥ - FILM:

♥ - BUCH:

♥ - FARBE:

♥ - TIER:

♥ - ESSEN:

DAS KANN ICH BESONDERS GUT:

DAHIN MÖCHTE ICH GERN EINMAL VERREISEN:

Wenn ich einen Wunsch frei hätte,
würde ich:

MEIN SPITZNAME:

ADRESSE:

TELEFON:

HANDY:

E-MAIL:

GEBURTSTAG:

★-ZEICHEN:

HAARFARBE:

👁-FARBE:

GRÖßE:

HOBBYS:

♥ - MUSIK:

♥ - FILM:

♥ - BUCH:

♥ - FARBE

♥ - TIER

♥ - ESSEN

DAS KANN ICH BESONDERS GUT:

DAHIN MÖCHTE ICH GERN EINMAL VERREISEN:

Wenn ich einen Wunsch frei hätte,
würde ich:

MEIN SPITZNAME:

ADRESSE:

TELEFON:

HANDY:

E-MAIL:

GEBURTSTAG:

★ - ZEICHEN:

HAARFARBE:

👁 - FARBE:

GRÖßE:

HOBBYS:

♥ - MUSIK:

♥ - FILM:

♥ - BUCH:

♥ - FARBE:

♥ - TIER:

♥ - ESSEN:

DAS KANN ICH BESONDERS GUT:

DAHIN MÖCHTE ICH GERN EINMAL VERREISEN:

Wenn ich einen Wunsch frei hätte,
würde ich:

MEIN SPITZNAME:

ADRESSE:

ICH BIN

TELEFON:

HANDY:

E-MAIL:

GEBURTSTAG:

★ - ZEICHEN:

HAARFARBE:

👁 - FARBE:

GRÖßE:

HOBBYS:

♥ - MUSIK:

♥ - FILM:

♥ - BUCH:

♥ - FARBE →

♥ - ESSEN ↖

♥ - TIER →

DAS KANN ICH BESONDERS GUT:

DAHIN MÖCHTE ICH GERN EINMAL VERREISEN:

Wenn ich einen Wunsch frei hätte, würde ich:

MEIN SPITZNAME:

ADRESSE:

TELEFON:

HANDY:

E-MAIL:

GEBURTSTAG:

★-ZEICHEN:

HAARFARBE:

👁-FARBE:

GRÖßE:

HOBBYS:

♥ - MUSIK:

♥ - FILM:

♥ - BUCH:

♥ - FARBE:

♥ - TIER:

♥ - ESSEN:

DAS KANN ICH BESONDERS GUT:

DAHIN MÖCHTE ICH GERN EINMAL VERREISEN:

Wenn ich einen Wunsch frei hätte,
würde ich:

MEIN SPITZNAME:

ADRESSE:

TELEFON:

HANDY:

E-MAIL:

GEBURTSTAG:

★-ZEICHEN:

HAARFARBE:

👁-FARBE:

GRÖßE:

HOBBYS:

♥ - MUSIK:

♥ - FILM:

♥ - BUCH:

♥ - FARBE

♥ - ESSEN

♥ - TIER

DAS KANN ICH BESONDERS GUT:

DAHIN MÖCHTE ICH GERN EINMAL VERREISEN:

Wenn ich einen Wunsch frei hätte, würde ich:

MEIN SPITZNAME:

ADRESSE:

TELEFON:

HANDY:

E-MAIL:

GEBURTSTAG:

★ - ZEICHEN:

HAARFARBE:

👁 - FARBE:

GRÖßE:

HOBBYS:

♥ - MUSIK:

♥ - FILM:

♥ - BUCH:

♥ - FARBE:

♥ - TIER:

♥ - ESSEN:

DAS KANN ICH BESONDERS GUT:

DAHIN MÖCHTE ICH GERN EINMAL VERREISEN:

Wenn ich einen Wunsch frei hätte,
würde ich:

MEIN SPITZNAME:

ADRESSE:

TELEFON:

HANDY:

E-MAIL:

GEBURTSTAG:

★-ZEICHEN:

HAARFARBE:

👁-FARBE:

GRÖßE:

HOBBYS:

♥ - MUSIK:

♥ - FILM:

♥ - BUCH:

♥ - FARBE →

♥ - ESSEN ↖

♥ - TIER →

DAS KANN ICH BESONDERS GUT:

DAHIN MÖCHTE ICH GERN EINMAL VERREISEN:

Wenn ich einen Wunsch frei hätte,
würde ich:

MEIN SPITZNAME:

ADRESSE:

TELEFON:

HANDY:

E-MAIL:

GEBURTSTAG:

★-ZEICHEN:

HAARFARBE:

👁-FARBE:

GRÖßE:

HOBBYS:

♥ - MUSIK:

♥ - FILM:

♥ - BUCH:

♥ - FARBE:

♥ - TIER:

♥ - ESSEN:

DAS KANN ICH BESONDERS GUT:

DAHIN MÖCHTE ICH GERN EINMAL VERREISEN:

Wenn ich einen Wunsch frei hätte,
würde ich:

MEIN SPITZNAME:

ADRESSE:

TELEFON:

HANDY:

E-MAIL:

GEBURTSTAG:

★-ZEICHEN:

HAARFARBE:

👁-FARBE:

GRÖßE:

HOBBYS:

♥ - MUSIK:

♥ - FILM:

♥ - BUCH:

♥ - FARBE

♥ - ESSEN

♥ - TIER

DAS KANN ICH BESONDERS GUT:

DAHIN MÖCHTE ICH GERN EINMAL VERREISEN:

Wenn ich einen *Wunsch* frei hätte, würde ich:

MEIN SPITZNAME:

ADRESSE:

TELEFON:

HANDY:

E-MAIL:

GEBURTSTAG:

★-ZEICHEN:

HAARFARBE:

👁-FARBE:

GRÖßE:

HOBBYS:

♥ - MUSIK:

♥ - FILM:

♥ - BUCH:

♥ - FARBE

♥ - ESSEN

♥ - TIER

DAS KANN ICH BESONDERS GUT:

DAHIN MÖCHTE ICH GERN EINMAL VERREISEN:

Wenn ich einen Wunsch frei hätte, würde ich:

Silke Schmidt, geboren 1973 im Siegerland, studierte zuerst Literaturwissenschaft in Mainz und Edinburgh, danach Bildende Kunst an der Universität der Künste in Berlin. Seit ihrem Meisterschülerabschluss arbeitet sie als Künstlerin und als Illustratorin für verschiedene Zeitschriften, Verlage und Organisationen. Inzwischen lebt Silke Schmidt mit ihrem Mann, ihren beiden Töchtern und stetig wachsenden Anzahl von Tieren in der Uckermark nördlich von Berlin.

Ausführliche Informationen über
unsere Autoren und Bücher
www.dtv.de

Von Silke Schmidt sind bei dtv junior außerdem lieferbar:
Ferien zum Selbermachen – Mein Mitmach-Tagebuch
Weihnachten zum Selbermachen – Mein Mitmach-Tagebuch
für den Winter

MIX
Papier aus verantwortungsvollen Quellen
FSC® C019821

Originalausgabe

Umschlagbild und -gestaltung: Silke Schmidt
Gesetzt aus der Gill Sans MT 11/14'
Gesamtherstellung: Druckerei C.H.Beck, Nördlingen
Gedruckt auf säurefreiem, chlorfrei gebleichtem Papier
Printed in Germany · ISBN 978-3-423-71731-1